자선냄비 속에 들어간
물방울다이아

이한영 아동극본집 4

자선냄비 속에 들어간 물방울다이아

이한영 지음 | 김지은 그림

철학과 현실사

동심으로 아름다워지는 세상을 꿈꾸며

그동안 여러 문예지에 발표했던 작품들을 모아 네 번째 아동 극본집을 펴낸다.

세 번째 출판 후 많은 공백이 있었던 것은, 작품활동을 게을리했다기보다는 작품 쓰기가 그만큼 어려워졌다고 하는 게 옳을 것 같다. 하루가 다르게 변하는 세상이다 보니 작가의 시선과 가치관이 아이들을 따라가기에 너무도 벅차다. 개울에서 멱감고 가재 잡던 작가의 어린 시절 추억담은 가상현실을 즐기고 오락게임기를 가지고 노는 요즘 아이들에게는 원시시대 이야기처럼 들릴 것이다.

눈높이를 한껏 낮추어 아이들의 생활을 살피며 그 생각을 알아보려 애를 쓰지만, 관심 갖는 일이 무엇인지 왜 그런 것에 흥미를 느끼는지 이해하기가 쉽지 않다. 그러나 분명한 것은 요즘 아이들도 불쌍한 것을 보면 눈물을 흘리고 가여운 사람을 동정하는 따뜻한 마음이 가슴속에 들어 있다. 이게 바로 동심이니, 자칫 스러져 버릴까 염려되는 이 고운 심성을 가꾸어 가는 일에 온 힘을 기울일 것이다.

이번에 싣는 열다섯 편 중에서 몇 편은 지난번 출판 때 이미 실었던 작품들이다. 굳이 다시 싣는 것은 아이들이 한 번 더 읽어 주기를 바라는 마음에서이다. 공연을 통해 감동의 기회를 주면 좋겠지만 그러지 못하는 게 늘 아쉽다.

'이 진부한 작품들을 누가 읽겠어?' 하고 회의가 드는 것도 사실이다. 그러나 내 작품에서 단 한 명의 어린이라도 감명을 받아 그의 인생에 깊은 영향을 준다면 그것으로 만족이다. 그 어린이가 다음에 어떤 인물로 성장할지 누가 알겠는가?

동심으로 살면 세상이 아름다워진다는 신념으로, 오늘도 나는 어린이들의 심금을 울릴 불후의 명작 한 편을 꿈꾸며 부지런히 컴퓨터 자판을 두드린다.

2018년 7월, 무학산 기슭에서

이 한 영

◀◀◀ 차례 ▶▶▶

새봄이의 탄생

▶ 때 : 초봄

▶ 곳 : 봄의 들판

▶ 나오는 사람들 : 종달새, 노랑나비, 개구리, 지렁이, 족제비, 두
   더지, 농부, 아이, 누렁이

▶ 무대 : 봄 들판, 장다리꽃, 자운영이 눈부시게 피어 있다.

1

막이 열리면, 경쾌한 음악 속에 종달새 울음소리가 온 무대에 가득 울려 퍼진다. 새들이 이리저리 날고, 노랑나비도 너울너울 춤추며 돌아다니는 봄의 들판이다.

랄랄라라 랄랄라라 새봄이 온대요.
꽃마차 타고서 봄 아가씨 오신대요.

어느새 개구리도 달려나와 펄쩍펄쩍 뛰며 어울리는데, 한쪽 문으로 지렁이가 꾸물꾸물 기어나오며 뭐라고 소리친다.

지렁이 (손가락을 입에 대며) 쉿! 제발 좀 조용히 해. 지금 이렇게 떠들고 있을 때가 아니란 말야.

종달새 (숨을 몰아쉬며) 왜 그래? 지렁아. 한창 신나게 노는데.

나 비 너도 우리처럼 사뿐히 날아 봐. 언제나 기어다니지만 말고.

개구리 갇혀 있다가 펄쩍펄쩍 뛰니까 살 것 같애. (또 한 번 펄쩍 뛴다.)

지렁이 (손을 내저으며) 그게 아니라니까 글쎄, 얘들아. 지금 두더지 아주머니가 아기를 낳으려고 한단 말이야.

나 비   (놀라며) 뭐? 두더지 아주머니가 아기를?

동물들   (동시에) 그게 정말이니?

지렁이   그래. 그러니까 좀 조용히 하라구.

종달새   (들뜬 목소리로) 언제 낳는대?

지렁이   아까 족제비 할머니가 두더지 아주머니네 집으로
　　　　　 급히 들어가시던데, 아마 곧 낳으려나 봐.

나 비   (눈을 반짝이며) 아기 두더지는 얼마나 예쁠까!

개구리   (종달새의 손을 잡고 팔짝팔짝 뛰며) 어머! 어서
　　　　　 보고 싶다, 얘.

　그때 족제비 할머니가 팔을 걷어붙이고 바쁘게 걸어나오
며 심부름을 시킨다.

족제비   얘, 개구리야. 어서 가서 물 한 통 떠오렴. 그리고
　　　　　 지렁이는 부드러운 지푸라기를 한아름 주워 오고.

나 비   (반색을 하며) 족제비 할머니, 어떻게 됐어요?

종달새   아기가 태어났어요?

족제비   아직 좀 더 있어야 될 것 같다.

개구리   언제쯤요?

족제비   늦어도 오늘 해 지기 전에는 나올 게다.

종달새   (들뜬 목소리로) 해 지기 전!

동물들   (모두 좋아 날뛰며) 야호! 해 지기 전이래.

족제비   쉿! 너무 떠들면 애기가 나오다가 놀라서 들어간
다. 개구리와 지렁이는 어서 시킨 일을 하렴.

개구리, 지렁이 (명랑하게) 예!

  개구리가 물통을 찾아 들고 부리나케 달려나가고, 지렁
이도 꾸물꾸물 그 뒤를 따라나간다. 족제비도 서둘러 들
어가면, 나비와 종달새가 손을 맞잡고 좋아라 팔딱팔딱
뛴다.

  그때 저쪽 문으로 농부와 아이가 등장하자, 종달새와 나
비는 서둘러 무대 한편으로 물러난다.

아　이   (꽃을 발견하고 달려가며) 야! 꽃이다.

농　부   (사방을 둘러보고는) 이제 완연한 봄이로구나!

  농부가 쪼그리고 앉아 담배를 한 대 재어 물고, 아이는
이리저리 돌아다니며 꽃을 꺾어 꽃다발을 만든다.

농　부   (담뱃대를 툭툭 털고 일어나며) 오늘은 누렁이를
몰고 와서 이 밭을 갈아야겠다.

아　이   오늘요?

농　부   그래. 포근한 봄날, 밭 갈기에는 최고의 날씨로군!

아　이   밭을 갈아서는요?

농 부   씨를 뿌려야지. 봄이란 씨앗의 싹이 트고, 만물이 소생하는 계절이거든.

아 이   이 밭에 뭘 심을 건데요?

농 부   고추도 심고, 감자도 심어야지.

아 이   고추, 감자, 고구마, 무, 배추, 모두 다 심어요. 옥수수도 심고요.

농 부   하하, 그러자꾸나. 이 밭 가득 골고루 심어서 잘 가꾸어 보자꾸나.

아 이   (신이 나서) 아빠, 어서 누렁이를 데리러 가요.

농 부   그래, 어서 가자.

　농부와 아이가 서둘러 나가면, 종달새와 나비가 놀란 표정을 지으며 무대 가운데로 나온다.

나 비   (안절부절못하며) 이를 어째? 이를 어째?

종달새   하필 오늘 밭을 갈 게 뭐람!

　둘이서 발을 동동거리고 있는데, 개구리와 지렁이가 물통과 지푸라기를 들고 들어온다.

나 비   (둘을 붙들고) 큰일났어, 얘들아. 오늘 밭을 갈겠대.

개구리   (놀라며) 뭐? 밭을 갈아?

지렁이	차근차근 말해 봐. 그게 무슨 말이니?
종달새	아까 농부 아저씨가 와서 둘러보고는 밭을 갈겠다며 누렁이를 데리러 갔어.
지렁이	이거 정말 큰일이군!
개구리	어서 족제비 할머니께 알리자.

　개구리와 지렁이가 물통과 지푸라기를 들고 서둘러 들어가고, 종달새와 나비는 안절부절못한다.

종달새	지금이라도 빨리 이사를 가야 하지 않을까?
나 비	(고개를 갸웃하며) 글쎄…….
개구리	(뛰어나오며) 아기가 태어나려면 아직 좀 더 있어야된대.
지렁이	(따라나오며) 족제비 할머니가 어떻게든지 밭 가는 걸 연기시키래.
나 비	어떻게 우리가 연기를……?
종달새	차라리 이사를 가는 게 낫지 않을까?
족제비	(안에서 무대 쪽으로 몸을 반쯤 내밀며) 그건 안된다. 지금 두더지 아주머니는 몸을 꼼짝할 수가 없단다. 어떻게든 너희들이 오늘 밭 가는 걸 막아라.
개구리	(걱정스럽게) 어서 좋은 수를 생각해 봐.

나 비   왜 하필 오늘이람!

종달새   하긴 밭 갈기에는 이보다 더 좋은 날이 없지.

지렁이   (울먹이며) 어떻게 해. 잘못되면……

개구리   걱정하지 마. 반드시 무슨 좋은 수가 있을 거야.

종달새   (갑자기 무릎을 탁 치며) 옳지! 누렁이에게 부탁을 해 보자.

개구리   누렁이에게? 어떻게?

종달새   오늘만 게으름을 좀 부리라고 말이야. 그럭저럭 하루만 넘기면 되지 않겠니?

지렁이   (반기며) 오! 참 좋은 생각이야.

개구리   (고개를 갸웃하며) 그 고지식한 누렁이가 우리 말을 들을까? 주인 말이라면 껌뻑 죽는 녀석인데……

종달새   그래도 지금은 그 방법밖엔 없어. 누렁이가 좀 고지식하긴 해도 마음씨는 착하거든.

나 비   그래. 일단 누렁이에게 부탁을 해 보자. 나하고도 좀 친하게 지내니까 웬만하면 들어줄 거야.

지렁이   그럼 빨리 서둘러. 벌써 오고 있을 거야.

종달새   알았어. 내 갔다 올게.

　종달새가 날아 나가고 나비도 그 뒤를 따라나가면, 무대 어두워진다.

2

무대 밝아지면 다시 들판이다. 농부가 누렁이에게 쟁기를 매고 있다.

농 부   (쟁기를 바로잡으며) 자, 누렁아. 그동안 너도 힘을 못 써 몸이 근질거렸지? 이 밭뙈기를 시원하게 갈아엎어 버리자. 자, 어서!

누렁이   (눈만 끔뻑거릴 뿐, 꼼짝 않고 서서) 음매 ─

농 부   그래, 그래. 이 밭 갈고 맛있는 풀을 한 소쿠리 주마.

그러나 누렁이는 밭 갈 생각은 하지 않고 눈만 끔뻑거리며 먼 산만 바라보고 있다.

농 부　　(화를 내며) 애, 누렁아! 너 왜 이러니? 너무 오래 쉬어서 밭 가는 걸 잊어버렸니?

누렁이　　(주인을 한 번 쳐다보고는) 음매 — (여전히 꼼짝 않는다.)

농 부　　(고삐로 등을 때리며) 이랴! 이랴, 이랴!

여전히 누렁이가 꼼짝하지 않자, 저쪽에서 나비를 쫓아 뛰어다니는 아이를 부른다.

농 부　　(큰 소리로) 경수야, 이리 와서 누렁이 좀 끌어라. 무엇에 틀어졌는지 이 녀석이 단단히 골이 났나 보다.

아 이　　(뛰어오며) 말 잘 듣는 누렁이가 무슨 일이지?

아이가 앞에서 누렁이의 코뚜레를 잡아 끌고 농부는 뒤에서 고삐를 휘둘러 보지만, 누렁이는 여전히 꿈쩍도 하지 않는다. 꿈쩍은커녕 아예 바닥에 주저앉고 만다.

농 부　　(황당한 듯) 아니, 누렁아! 누렁아!

아　이　　(재미있다는 듯) 우헤헤헤헤헤! 이 녀석 이제 보니까 제법 개구쟁인걸.

농　부　　(누렁이의 귀에 대고 달래듯이) 누렁아, 왜 이러니? 밭 갈고 나면 맛있는 풀 한 소쿠리 준다고 하잖니?

아　이　　아무래도 오늘 누렁이가 영 기분이 나지 않나 봐요.

　그때 종달새와 나비가 날아 나와 지저귀며 무대를 돌아다닌다.

아　이　　(좋아서) 야! 나비다. 종달새야!

　아이는 나비와 종달새를 쫓아 무대를 빙빙 돌고, 농부는 누렁이 옆에 쪼그리고 앉아 계속 누렁이를 달랜다. 종달새 지저귀는 소리가 한동안 온 무대를 가득 채운다.

농　부　　(지쳤다는 듯이) 하긴, 너도 이리 좋은 봄날에 밭이나 갈고 싶겠니? (담배 한 대를 재어 물고 종달새 소리에 귀를 기울이며) 참 좋은 날이다.

　농부가 일어나 손짓으로 아이를 부르자, 아이가 상기된 표정으로 달려온다.

농 부	(쟁기를 짊어지며) 누렁이 몰아라. 그만 내려가자.
아 이	네에? 밭은 안 갈고요?
농 부	내일 갈아야겠다. 아무래도 누렁이가 봄에 취했나 보다.
아 이	(고삐를 잡으며) 누렁아, 일어나. 오늘 밭 안 간대.

누렁이가 알아들은 듯 벌떡 일어난다. 농부와 아이가 누렁이를 앞세우고 나가면, 동물들이 우르르 몰려나온다.

개구리	(좋아서 펄쩍펄쩍 뛰며) 야호! 성공이다.
지렁이	(가슴을 쓸어내리며) 휴 —, 이제 좀 마음이 놓인다.
종달새	내가 뭐랬어? 누렁이가 의리가 있다고 했지?
나 비	다음에 우리 누렁이에게 좋은 풀 많이 나 있는 곳을 알려 주자.
지렁이	(안을 기웃거리며) 그런데 아기는 왜 아직 안 나올까? 시간이 한참 지났는데…… .
개구리	어서 보고 싶다.

그때 안에서 족제비가 손을 휘휘 내저으며 나오고, 그 뒤로 두더지가 아기를 안고 따라나온다.

| 모 두 | (반가워서) 야! |

족제비　(들뜬 목소리로) 태어났어! 얘들아, 새봄이가 태어
　　　　　　났어!

모　두　(동시에) 와! 만세!

나　비　아기 이름이 새봄이에요?

족제비　그렇단다.

　동물들, 두더지를 둘러싸고 서로 먼저 아기를 보려고 야
단이다.

개구리　어쩜! 너무 예뻐!

지렁이　너무 귀여워서 꼭 깨물어 주고 싶어.

두더지　고맙구나. 너희들 덕분에 우리 새봄이가 무사히
　　　　　　태어났어.

나　비　뭘요. 우리 모두 새봄이가 태어나기를 얼마나 기
　　　　　　다렸다구요.

종달새　(새봄이에게 다정하게) 새봄아, 어서 자라서 우리
　　　　　　랑 함께 놀자.

족제비　(모두를 둘러보며) 자, 오늘같이 경사스러운 날, 우
　　　　　　리 새봄이의 탄생을 축하하며 축제를 벌이자꾸나.

모　두　(신이 나서) 네! 좋아요.

경쾌한 음악 속에 동물들이 부산하게 축제 준비를 서두르고, 어느새 아이와 농부, 누렁이, 구경하던 아이들도 무대로 뛰어올라 함께 춤추며 어울린다. 희망과 기쁨에 찬 노랫소리가 온 무대에 울려 퍼지면서 서서히 막이 닫힌다.

꼬마 마녀 단불이

▶ 때 : 현대

▶ 곳 : 마녀의 집

▶ 나오는 사람들 : 단불이, 마녀, 아이 1, 아이 2, 아이 3, 아이 4

1

막이 열리면 단불이가 나무기둥에 고무줄을 매어 놓고
혼자서 고무줄놀이를 하며 놀고 있다.

단불이   한 고개 두 고개 아주까리 세 고개……. 호호호,
요렇게 재미있으니까 아이들이 좋아하는구나. 참
새가 짹, 개구리는 폴짝, 푸르고 푸른 산은 아름답
구나…….

재미있게 놀고 있는데 엄마인 마녀가 나타난다.

마 녀   (화가 나서) 단불아! 또 인간들이 하고 노는 그따
위 고무줄놀이를 하고 있구나. 마녀면 마녀답게
놀아야지.

단불이   아이 참, 엄마도. 이게 얼마나 재미있는 놀인 줄
알기나 하세요?

마 녀   (엄하게) 그런 소리 마라. 그게 이무리 재미있다
고 해도 그건 인간 아이들의 놀이가 아니냐? 그
럴 시간이 있으면 빗자루 타는 연습을 한 번이라
도 더 해야지.

단불이   (작은 목소리로) 나 빗자루 타기 싫은데…….

마 녀   (놀란 눈으로 바라보며) 얘가 지금, 얘가! 마녀가
      빗자루도 못 타면 누가 마녀라고 하겠니?

단불이   빗자루 타면 어지럽단 말이에요.

마 녀   그게 다 연습을 많이 하지 않아서 그런 거야. 자!
      어서 또 연습을 해 보자. 어서 빗자루를 가져온.

    단불이, 마지못해 구석에 세워 둔 빗자루 두 개를 들고
와 큰 것은 마녀에게 준다.

마 녀   (빗자루를 다리 사이에 끼우고는) 자, 엄마 하는
      대로 따라해 봐라. 빗자루를 요렇게 잡고 앞을 똑
      바로 보고는 주문을 외우는 거야. 그러면서 몸을
      앞으로 쑥 내밀면 붕 — 하고 떠오른단다. 자, 봐
      라. 아리 나리 아나리 얏다 알롱 들랑 아달랑 얍!

    마녀가 몸을 앞으로 쑥 내밀며 껑충 뛰어오른다.

단불이   왜 안 날아오르세요?

마 녀   (이상하다는 듯이) 왜 이렇지? 뭐가 잘못됐나?
      (빗자루를 들고 이리저리 살피다가 화난 목소리
      로) 누가 또 빗자루 끈을 풀어놨구나! 끈이 풀려
      있으니 날아오를 리가 없지. 나 원 참!

마녀, 빗자루 끈을 단단히 묶고는 다시 단불이에게 빗자
루 타는 법을 가르친다. 그러다가 깜짝 놀란 듯이 말한다.

마 녀   이런! 오늘 천불산에서 마녀들 모임이 있는 걸 하
         마터면 잊을 뻔했군. 내 휑하니 갔다 올 테니 너
         는 그 동안 빗자루 타는 연습 열심히 하고 있거
         라. 알겠지?

단불이   걱정 마시고 다녀오세요.

마 녀   (나가다 말고 돌아보며) 너 주문은 알고 있지?

단불이   그럼요, 보세요. 아리 나리 아나리 얏다 알롱 달
         롱 아달랑 얍!

마 녀   (손을 내저으며) 그게 아니라니까, 글쎄. 알롱 달
         롱이 아니고 알롱 들랑 아달랑 얍!

단불이   아이 참, 자꾸 그게 안 되네. 알롱 들랑, 알롱 들랑.

마 녀   쯧쯧! 그래 가지고 그 많은 주문들을 언제 다 외
         울래?

단불이   죄송해요, 엄마.

마 녀   (시계를 보더니 황급히) 내 갔다 오마.

마녀, 빗자루를 타고 주문을 외우며 빠르게 달려나간다.
마녀가 나가고 나자 단불이, 빗자루를 구석에 내던지며 좋
아라 날뛴다.

단불이　(펄쩍 뛰어오르며) 야! 해방이다. 잔소리쟁이 우
　　　　리 엄마가 외출하고 난 이 황금의 시간! 뭘 할까?
　　　　(잠시 생각하다가) 옳지! 나도 나가서 인간 아이
　　　　들하고 좀 놀다 와야지.

　단불이가 거울을 보며 머리 모양과 옷매무새를 고치고는
밖으로 뛰어나가면 어두워진다.

2

　무대가 밝아지면 아이들이 고무줄놀이를 하며 재미있게
놀고 있다. 이곳에 단불이가 나타난다.

단불이　(아이들에게) 얘들아, 나도 좀 끼워 줘.
아이 1　(단불이를 바라보며) 넌 누구니? 못 보던 애구나.
단불이　난 단불이라고 해.
아이 2　단불이? 호호호호, 정말 웃기는 이름인데.
아이 3　너 고무줄놀이 할 줄 아니?
단불이　조금…… .
아이 4　(단불이를 잡아끌며) 이리 와. 우리랑 같이 놀자.

　단불이가 아이들과 어울려 재미있게 고무줄놀이를 하고 논

다. 한참을 신나게 놀던 단불이, 발을 헛디뎠는지 자빠진다.

단불이 아야!

아이 1 (달려와 단불이를 붙들어 일으키며) 괜찮니?

단불이 (발목을 만지며) 발목을 삐었나 봐.

아이 2 어쩌지?

아이 3 내가 집에 가서 약 가지고 올게.

단불이 괜찮아. 조금 있으면 괜찮을 것 같애.

아이 4 (걱정스럽게) 정말 괜찮겠어?

단불이 응, 걱정해 줘서 고마워. (일어서며) 이제 가 봐
야겠어.

아이 1 왜? 그만 놀려고?

단불이 엄마가 기다리실지도 몰라.

아이 2 너희 집이 어디니?

단불이 으응, 우리 집은 저 산 너머야.

아이 3 (놀라며) 뭐? 저 산 너머에는 마녀가 산다던
데…… .

단불이 어, 어, 저…….

아이 4 에이, 그럼 단불이가 마녀라도 된다는 얘기니?

아이들 하하하하하하하.

아이들 웃음소리 속에 단불이가 나가면 무대 어두워진다.

3

조명이 밝아지면, 무대 중앙의 솥 속에서 무언가가 부글부글 끓고 있다. 마녀가 두꺼운 책장을 넘기며 솥에다 무엇을 열심히 집어넣다가 갑자기 소리친다.

마 녀　됐어! 됐어! 오! 대마왕 메펠랑님이시여! 영험을 주소서. 바다가 하늘을 뒤엎으니 산은 무너지고 강물이 거꾸로 흐르는도다. 옴 살바 모짜 모지 살라샬 살바하!

마녀가 미친 듯이 춤을 추며 주문을 외울 때 단불이 나타난다.

단불이　(엄마를 붙들고) 엄마, 뭐 하시는 거예요? 무서워요.

마 녀　이히히히히힛히히! 이 약만 있으면 이제 이 세상은 내 손아귀에 들어온 거나 마찬가지다. 단불아! 내가 이 약을 만들기 위해 얼마나 애를 썼는지 너도 알고 있겠지? 운 좋게도 오늘 천불산에서 이 약에 쓰이는 약초를 구해 왔다.

단불이　(놀라며) 그러면 이것이 바로 무서운 그 약……?

마 녀　그래, 바로 그 약이다. 한 방울만 마셔도 정신이 돌아 버리고 마는 신비의 마약! 이 약으로 나는 온 세상 어린이들을 잡아들여 내 부하로 만들 수 있다. 이히히히히히히! 드디어 내 꿈을 이룰 때가 왔구나.

마녀가 솥 속의 액체를 유리병에 퍼담으면서 계속 지껄인다.

마 녀　인간들에게 인간의 법이 있듯이, 우리 마녀들에게는 마녀의 법이 있지. 그 첫째가 절대로 인간을 믿지도 동정하지도 않는다는 것이다. 그 사악하고 못된 인간들은 영원한 우리의 적이다.

단불이　엄마, 그렇지 않아요. 아이들은 모두 착하고 귀여워요.

마 녀　(단불이를 무섭게 노려보며) 한 번만 더 내 앞에서 그따위 소릴 해 봐라. 네가 내 딸이라도 결코 용서하지 않을 것이다.

단불이　무, 무서워요, 엄마!

마 녀　인간들이란 어릴 때는 모두 착하고 귀엽지. 그러나 차츰 어른이 되어 갈수록 사악한 거짓말쟁이가 되고 만단다. 그러니까 결국은 나쁜 종족이지. 내 말 알아듣겠니? 사랑하는 내 딸 단불아!

단불이   (흐느끼며) 죄 없는 아이들이 불쌍해요.

마 녀   떽! 그런 소리 마라. 그렇게 마음이 약해 가지고 무슨 마녀가 되겠니? (무대 한편의 광을 가리키며) 아이들을 붙잡아 와 저 광에 가득 채우리라.

　마녀가 약병을 선반 위에 올려놓고 거울 앞에 서서 소리친다.

마 녀   (두 팔을 벌리고) 거울아, 거울아, 인간의 아이들이 놀고 있는 모습을 보여다오. 부지라 모찌마하 살바사 웃자울라 호옴!

　거울 속을 들여다보던 마녀가 낄낄거리며 휑하니 나가자, 단불이는 안절부절못한다.

단불이   (결심한 듯 단호하게) 그렇게 할 순 없어. 그 착하고 귀여운 아이들의 정신이 돌아 버리도록 내버려 둘 순 없어. 어떻게 하든지 막아야 돼.

　단불이, 이리저리 주위를 둘러보다가 선반 위의 약병을 다른 곳에 옮겨 놓고, 광의 기둥을 묶은 밧줄 하나를 풀어놓는다. 이윽고 마녀가 끈에 묶인 세 아이를 끌고 들어온다.

마 녀	히히히히! 잡았다. 드디어 잡았다.
아이 1	(발버둥치며) 살려 주세요. 제발 살려 주세요, 네?
아이 2	우릴 집으로 돌려보내 주세요.
마 녀	히히히히! 얌전히 있기나 해라. 이제 너희들은 착실한 내 부하가 되어야 한다. 자, 우선 이곳에 잠시 들어가 있어.

마녀, 울부짖는 아이들을 광 속에 가두고 자물쇠로 채운다. 그러고는 좋아서 덩실덩실 춤을 추며 소리친다.

마 녀	이히히히힛! 이제야 내 소원이 이루어지게 되었다. 이 세상 아이들을 모두 내 부하로 만들어 꿈꾸던 나의 왕국을 건설하리라! (선반 위를 보다가) 그런데 약병이 어디 갔지?

마녀가 약병을 찾아 이리저리 살핀다. 그사이에 단불이, 광 속에 갇힌 아이들에게 살금살금 가까이 간다.

아이 3	(단불이를 알아보고) 아니, 너는 단불이?
단불이	쉿! 이쪽에 밧줄이 풀어져 있어. 내가 시간을 끌 테니 어서 빠져나가.

아이들   (작은 목소리로) 고마워!

마 녀   (약병을 찾다가 화가 나서) 단불아! 혹시 네가 약병을 어떻게 했니?

단불이   아, 아니에요. 엄마가 치워 놓았잖아요.

마 녀   분명 선반 위에 얹어 놓은 것 같은데…….

단불이   저도 찾아볼게요.

아이들, 마녀가 정신없이 약병을 찾고 있는 사이에 기둥을 묶은 밧줄을 풀고 빠져나온다. 단불이가 힐끔 쳐다보자 고맙다는 눈인사를 하고 재빨리 도망친다.

마 녀   찾았다! 여기 놔 둔 것도 모르고 엉뚱한 곳에서 찾았구나. 으흐흐흐! 이 소중한 약병! (그러다가 달아나는 아이들을 발견하고 깜짝 놀라며) 아니, 저 녀석들이……. 거기 서지 못해? 이 녀석들!

마녀가 아이들을 잡으러 쫓아 나가자 단불이, 약병을 찾아 마개를 열더니 모두 바닥에 쏟아부어 버리고, 대신 물을 한 병 가득 채워 둔다. 무대 뒤에서 아이들의 울부짖는 소리와 마녀의 웃음소리가 들리더니, 마녀가 세 아이를 모두 잡아끌고 들어온다.

마 녀   이히히히히힛! 깜찍한 녀석들! 너희들이 달아나
         면 어디로 가겠다는 거냐? 당장 약을 먹여 꼼짝
         못하게 해 놓아야지.

　마녀, 울부짖는 아이들의 입에 약을 들이붓는다. 그러고
는 광에 가두고 자물쇠를 채운다. 풀어진 밧줄도 단단히
동여맨다.

마 녀   이제 십 분만 지나면 너희들은 모든 기억을 잊고
         고분고분 내가 시키는 대로 하게 될 거다. 이히
         히히히힛! 단불아, 어떠냐? 저 아이들은 모두 너
         와 나의 부하다.
단불이   (마녀를 붙들고) 저 아이들을 풀어 주세요, 네?
         얼마나 저 애 부모들이 걱정하고 있겠어요?
마 녀   (화를 내며) 멍청한 녀석 같으니라고! 인간을 동
         정하다니, 그래 가지고 네가 마녀라고 할 수 있
         겠니?
단불이   아이들이 불쌍해요. 엄마.
마 녀   듣기 싫다! (매달리는 단불이를 밀치며) 하루에
         서너 명씩만 내 부하로 만들어도 한 달에 백 명,
         일 년이면 천 명이 넘는다. 이히히히히힛! (그러
         다가 갑자기 팔을 벌리고 소리친다.) 오! 대마왕

메펠랑님이시여! 까닭 없이 우리 마녀를 미워하는 인간들에게 저주를 내리소서. 천둥번개야 몰아쳐라. 산을 무너뜨리고 바다를 뒤엎어라. 온 세상을 캄캄한 어둠 속에 묻어 버려라. 옴 살바 모짜 모지 살라샬 살바하!

마녀가 열심히 주문을 외우는 사이에 단불이, 아이들에게 슬금슬금 다가가 소곤거린다.

단불이   기회가 올 때까지 시키는 대로 하는 척해. 아까 너희들이 마신 것은 물이야.

아이들   알았어.

마 녀   이히히히히히! 이젠 약 기운이 온몸에 퍼져 모든 기억을 잊었겠지. (광으로 가 아이들을 들여다보다가) 그래! 그렇게 얌전히들 있어야지. 너희들은 이제 영광스러운 이 마녀님의 부하가 된 것이다.

광을 열고 아이들을 하나씩 끌어낸다. 아이들, 순순히 따라나온다.

마 녀   (기분이 좋아서) 그렇지! 그렇지! 참으로 착하구나. 이제부터 너희들은 내 말만을 들어야 한다.

	알겠느냐?
아이들	네! 마녀님.
마 녀	그래! 그래! 충실한 내 부하들아. 이히히히히힛! 어서 청소를 좀 해라. 우물에 가서 물도 길어 오고 나무도 해 와야지.
아이들	네!

아이들이 부지런히 움직이며 일을 시작하자, 만족한 마녀가 단불이를 보고 이야기한다.

마 녀	어떠냐? 단불아. 이제 우리가 좀 편하게 됐지?
단불이	…….
마 녀	단불아, 내 잠깐 나가서 약초를 좀 캐어 올 테니 그 동안 저 아이들 일 잘 시키고 있거라. 알겠지?
단불이	도망가면 어쩌려고요?
마 녀	그런 걱정은 안 해도 된다. 저 아이들은 이제 내 명령에 따라 죽고 살게 되어 있어.

마녀가 바구니를 들고 나가자 단불이, 아이들에게 소리친다.

단불이	기회가 왔어. 얘들아, 어서 도망가.

아이들   (들고 있던 물건들을 내던지며) 고마워, 단불아.

단불이   어서 가. 그리고 제발 우리 엄마를 용서해 줘.

아이 1   단불아, 너도 우리랑 같이 가. 남아 있으면 벌 받을 거야.

아이 2   그래, 그렇게 해.

단불이   아냐, 그럴 순 없어. 아무리 마녀라도 엄마를 두고 떠날 순 없어.

아이 3   그렇구나…….

단불이   다시는 붙들리지 않게 멀리멀리 도망가.

아이들   (단불이의 손을 잡으며) 잘 있어. 꼭 놀러 와야 돼.

단불이   (아쉬운 듯) 그래, 잘 가.

단불이, 아이들이 달아나는 모습을 멍하니 바라보고 서 있다. 조금 후 마녀가 약초를 한 바구니 캐어 가지고 들어와서 아이들이 없는 것을 보자 소리친다.

마 녀   (큰 소리로) 단불아! 녀석들이 모두 어디 갔니?

단불이   엄마! 제가 모두 돌려보냈어요.

마 녀   (깜짝 놀라며) 뭐? 네가? 네가 어떻게? 아이들이 내 말이 아니면 듣지 않을 텐데.

단불이   (약병을 들어 보이며) 이것 보세요, 엄마. 이건 모두 맹물이에요.

마 녀   (놀라며) 뭐야? (병을 기울여 맛을 보고는) 이게
         대체 어떻게 된 일이지?

단불이   (조그맣게) 제가 그랬어요. 약은 모두 쏟아 버렸
         어요.

마 녀   (더욱 놀라며) 뭐라고? 네, 네가 감히 그 소중한
         약을 버리다니…… 정말 네가 내 딸이냐?

단불이   (꿇어앉아 마녀를 붙들고) 엄마! 제발 부탁이에
         요. 이제 그런 약은 만들지 마세요. 그리고 우리
         마녀도 사람을 도와주는 착한 마녀가 되도록 해
         요, 네?

마 녀   …… 착한 마녀?

단불이   네! 아이들을 잃어버린 부모가 얼마나 걱정을 하
         며 찾고 있겠어요? 만일 엄마가 절 잃어버린다
         면, 엄마 마음이 어떻겠어요?

마 녀   …….

단불이   꼭 그러고 싶으면 못된 어른들을 잡아와서 혼내
         주세요. 거짓말하고, 아이들을 유괴하고, 또 불량
         식품을 만들어 파는 그런 나쁜 사람들 말이에요.

  묵묵히 듣고 있던 마녀, 갑자기 낄낄거리며 웃기 시작한
다.

마　녀　이히히히히히힛히, 나쁜 어른들을 혼내 준다! 그
　　　　것 참 좋은 생각이군! 내가 왜 여태 그 생각을 못
　　　　했지? 얘, 단불아! 내 지금 곧 나가서 나쁜 짓 하
　　　　는 어른들을 모조리 잡아 올 테니 너는 빗자루 타
　　　　는 연습이나 열심히 하고 있거라. 이히히히히히
　　　　힛히! 옴 살바 모니라 막달라 살롬샬랑 살바하!

　마녀가 큰 소리로 주문을 외우며 달려나가자 단불이, 어
처구니가 없는지 그냥 웃으며 바라보고 있다.
　막이 닫힌다.

죽을 꾀를 생각해 낸 사나이

▶ 때 : 오늘날

▶ 곳 : 빵집, 빵집이 있는 거리

▶ 나오는 사람들 : 빵집주인, 주인여자, 경호, 수미, 구봉빵집주인,
   손님 1, 손님 2, 기자 1, 기자 2, 구경꾼 1, 구경꾼 2, 구경꾼 3,
   그 외 사람들

▶ 무대 : 두 빵집이 서로 마주보고 있다. 맛나빵집과 구봉빵집이다.
   맛나빵집은 내부가 훤히 보이고 가게 문을 나서면 바로 도로다.

막이 열리면 맛나빵집 주인이 파리채를 들고 한가하게
파리를 잡고 있다.

빵집주인 (파리채를 탁 내려치며) 요놈의 파리, 죽어랏!

파리가 휙 달아나자 신경질적으로 파리채를 휘두르며 소
리친다.

빵집주인 햐! 파리까지도 날 약올리네. 오라는 손님은 안
오고 온종일 파리만 날리고 있으니…….

그때 주인여자가 문을 와락 열고 들어오며 호들갑을 떤
다.

주인여자 여보, 여보! 구봉빵집에는 손님이 계속 들어가던
데 우리 집에는 한 명도 안 왔수?
빵집주인 (퉁명스럽게) 아, 눈으로 보면 몰라? 손님이 왔으
면 내가 지금 이러고 있겠어?
주인여자 참말로 별일이네. 구봉빵집에는 손님이 줄을 섰
는데 왜 우리 집에는 개미새끼 한 마리 찾아오지
를 않지?
빵집주인 (괜히 화를 내며) 이게 다 당신 때문인 거 몰라?

주인여자 (펄쩍 뛰며) 어머머! 어머! 나 때문이라니, 그게 무슨 자다가 봉창 뜯는 소리여?

빵집주인 당신이 좀 친절하게 손님을 맞아 봐. 그러면 한 번 왔던 손님이 이렇게 발을 끊겠어?

주인여자 어이구, 참! 사돈 남 말하고 있네. 당신이야말로 빵을 좀 잘 만들어 보시지. 아지매 떡도 맛이 있어야 사 먹는다는 말도 몰라요?

빵집주인 (버럭 화를 내며) 내 빵이 어때서?

주인여자 솔직히 말해서 우리 집 빵 맛이 별로잖아요. 제일 싼 밀가루에다 중국산 팥을 국산으로 속여서……

빵집주인 (손바닥으로 아내의 입을 막으며) 쉿! 누가 들으면 어쩌려고 그런 말을 함부로 지껄이는 거요?

주인여자 (손을 밀치며) 왜 이래요? 우리뿐인데. 내가 뭐 거짓말했어요?

빵집주인 내가 괜히 싼 밀가루를 쓰겠어? 장사가 안 되니까 재료비라도 아껴야 가겟세도 주고 또……

이때 손님 두 사람이 문을 열고 들어온다.

빵집주인 (반색을 하며) 어서 오십쇼. 어서 오십쇼. 이리 앉으세요.

주인여자 (물을 내오며) 호호호호! 날씨가 몹시 덥죠? 무슨
　　　　　 빵을 드릴까요?

손님 1 무슨 빵이 맛있나요?

빵집주인 네, 해해해해! 아무 빵이든 다 맛이 있습니다만, 그
　　　　　 중에서도 제가 개발한 맛나빵이 특히 맛이 있지요.

손님 2 그럼 맛나빵으로 가져와 보세요.

주인여자 아, 예예.

　주인여자가 접시에 빵을 내오자 손님들이 빵을 집어 맛을
본다. 빵집주인은 그 옆에서 부채질을 해 주며 아양을 떤다.

빵집주인 해해해해! 어떠세요, 손님? 맛이 기가 막히죠?

주인여자 호호호호! 이 도시에서 우리 집 맛나빵 맛이 제일
　　　　　 이지요.

손님 1 (고개를 갸웃하며) 그런데 어째 맛이 좀…….

손님 2 흠! 밀가루 냄새가 심하게 나는군. 역시 구봉빵집
　　　　　 으로 가는 건데…….

빵집주인 (펄쩍 뛰며) 무슨 말씀! 빵이란 모두 밀가루 냄새
　　　　　 가 조금씩 나기 마련이죠.

주인여자 구봉빵은 소문만 났지 맛은 사실 별로라구요.

빵집주인 아무렴요. 그게 바로 헛소문이란 거죠.

손님 1 (일어서며) 아무튼 잘 먹었소. 자, 가세.

손님들이 돈을 계산하고 나간다.

빵집주인 (뒤에 대고) 안녕히 가십쇼.
주인여자 우리 맛나빵 또 찾아 주세요.
손님 2 (나가면서) 빵은 역시 구봉빵이야.

손님들이 나가고 나자 빵집주인이 파리채로 탁자를 탁
치며 내뱉듯 소리친다.

빵집주인 햐! 나 이거 참! 모두 다 구봉빵, 구봉빵! 대체 구
봉빵이 뭐가 그리 맛이 있다고 그러지?
주인여자 말이야 바른말이지 구봉빵이 맛있잖아요. 우리
맛나빵이야 댈 것이 못 되지.
빵집주인 (극도로 화가 나서) 떽! 도대체 당신이 맛나빵집
주인이요, 구봉빵집 주인이요?
주인여자 (찔끔하며) 말이 그렇다는 얘기지, 왜 화를 내고
그래요?
빵집주인 앞으로 내 앞에서 구봉빵 애길랑 꺼내지도 말아
요. 기분 나쁘게…….
주인여자 아이구 참! 그런다고 맛나빵 맛이 더 좋아지나?
빵을 잘 만들어야 맛이 나지.

이때 문을 드르륵 열고 경호와 수미가 들어온다.

경호, 수미 (밝은 목소리로) 학교 다녀왔습니다.

엄 마 이제 오니? 너희들 어서 밥 먹고 학원 가거라.

경 호 밥 먹기 싫어. 빵 주세요.

수 미 저도요. 빵집 아이는 빵을 먹어야죠.

엄 마 그래라, 그럼. 마침 진열장에 팔리지 않은 빵이
가득 들어 있으니 꺼내 먹으렴.

경 호 그럴게요. 그런데 저…… (머뭇거리다가) 우리 맛나
빵 말고 건넛집 구봉빵 하나만 사 먹으면 안 돼요?

수 미 (침을 꼴칵 삼키며) 나도 구봉빵 먹고 싶은데……
지난번 먹어 보니 굉장히 맛있더라구요.

아 빠 (갑자기 머리를 쥐어뜯으며 울부짖는다.) 아흐흐
흐흐! 너희들까지 이 애비가 만든 빵을 무시하다
니……. 세상에 이럴 수는 없어. 이럴 수는 없는
거라구.

엄 마 (다소 당황하며) 철없는 아이들 하는 말에 뭘 그
렇게나 그래요? (아이들에게 엄한 목소리로) 너
희들 어서 아빠께 잘못했다고 빌어라.

경 호 (기어들어 가는 목소리로) 잘못했어요, 아빠. 맛나
빵이 맛이 없다는 게 아니고 그냥 구봉빵 생각이 나
서…….

수　미 그래요. 빵은 역시 우리 아빠가 만든 맛나빵이 최고잖아요.

아　빠 (고개를 좌우로 흔들며) 아냐, 아냐! 억지로 아빠 비위를 맞출 필요는 없다. (호주머니에서 돈을 꺼내 주며) 가서 구봉빵 사 먹어라.

경　호 (손사래를 치며) 아, 아니에요. 전 맛나빵 먹을 거예요.

수　미 저도요. 저도 맛나빵이 좋아요.

아　빠 (타이르듯) 어서 사 먹으라니까. 그리고 내게도 한 개 갖다다오. 도대체 구봉빵 맛이 어떻기에 그 난린지 연구를 좀 해봐야겠다.

경　호 (어정쩡하게) 아, 예…….

　아이들이 나가고 나면 무대 어두워졌다가 다시 밝아진다. 빵집주인이 구봉빵을 손에 들고 냄새를 맡으며 요리조리 살펴보고 있다.

빵집주인 (조금 떼어 맛을 보고는) 호! 정말 맛이 기가 막힌데.

주인여자 냠냠냠! 달콤하고 부드럽고 입에서 살살 녹는 것 같아요.

빵집주인 어떻게 만들었기에 이렇게 맛이 있을까?

주인여자 아마도 밀가루나 팥을 최상품으로 썼겠지요. 우리처럼 값싼 재료를 쓰는 게 아니고…….

빵집주인 (화를 내며) 또 그 소리…….

주인여자 구봉빵보다 더 맛있는 빵을 만들지 못하면 우린 망하고 말 거예요.

빵집주인 하필 건넛집에 저런 빵집이 들어와 가지고 우리 목을 조르다니…….

주인여자 (창밖을 내다보며) 저것 보세요. 손님이 줄을 섰네요. 어쩜……!

빵집주인 (같이 밖을 내다보며) 무슨 수를 써야지, 이러다간 우리 빵집이 망하는 건 시간문제야.

주인여자 무슨 수가 있겠어요? 더 맛있는 빵을 만드는 것밖에.

빵집주인 (비장한 말투로) 반드시 묘책이 있을 거요.

　잠시 생각에 잠기던 빵집주인이 갑자기 좋은 수가 생각났다는 듯 손뼉을 딱 친다.

빵집주인 (들뜬 목소리로) 그래, 바로 그거야.

주인여자 (반기며) 무슨 좋은 수가 생각났어요?

빵집주인 생각나다마다! 진작 이 방법을 썼어야 했는데…….

주인여자 (궁금한 듯) 무슨 좋은 방법이에요? 어서 말해 봐요. 궁금해 죽겠네.

빵집주인 히히히! 역시 난 꾀보라니까.

주인여자 아, 뜸 들이지 말고 어서 말해 보라니깐요.

빵집주인 (헛기침을 두어 번 하고는) 그러니까 말이지⋯⋯.

빵집주인이 아내의 귀에 대고 뭐라고 소곤거리자 아내가 크게 놀란다.

주인여자 (놀라 남편을 밀치며) 미쳤어요, 당신?

빵집주인 이 방법밖엔 없소. 우리 빵집이 망하지 않고 살아 남으려면⋯⋯.

주인여자 (단호하게) 안 돼요. 그건 절대로 안 돼요.

빵집주인 그럼, 다른 방법이 있으면 말해 봐요. 무슨 수가 있나⋯⋯.

주인여자 아무리 그렇다고 해도 그런 비열한 방법은 안 돼요.

빵집주인 (화를 내며) 그럼 이대로 계속 장사가 안 되면 가겟세에 생활비, 아이들 학원비는 어떻게 댄단 말이오?

주인여자 아무리 그래도 그건⋯⋯.

빵집주인 (아내의 손을 잡으며) 감쪽같이 처리하면 아무도 우릴 의심하지 않을 거요. 나를 믿어요.

주인여자 (몸을 부르르 떨며) 두려워요, 난. 만약에 잘못되는 날엔⋯⋯.

빵집주인 아, 글쎄 걱정 말고 날 믿으라니까.

주인여자 정말 난 모르겠어요. 그래도 되는 건지…….

빵집주인 핫하하! 당신은 너무 소심해서 탈이야. 세상이란 다 그런 것 아니겠소? 저 구봉빵집을 이 거리에서 쫓아내고 나면 손님이 어디로 가겠소? 다 우리 집으로 오지.

주인여자 (한숨을 쉬며) 하긴 구봉빵집만 사라져 준다면야 장사가 안 될 리야 없지.

빵집주인 내 말이 바로 그 말이라니까. 자, 자, 이러고 있을 때가 아니지. 서둘러요, 어서.

주인여자 (망설이며) 뭘…… 어쩌자는 거예요?

빵집주인 어서 바퀴벌레를 한 마리 잡아요. 아니, 바퀴벌레보다 더 효과적인 게 없을까?

주인여자 아까 보니 저기 수챗구멍에 생쥐가 한 마리 죽어 있긴 하던데…….

빵집주인 (반기며) 오! 그래, 생쥐! 바로 그거야. 역시 당신도 나만큼 머리가 잘 돌아간다니까.

주인여자 하지만 생쥐는 너무 심하지 않겠어요? 그게 빵에서 나왔다는 건…….

빵집주인 아니지. 이왕 하려면 확실하게 해 버려야 돼요. 그게 어디 있다고 했소? 내가 당장 나가서 주워 오리다.

주인여자 전봇대 옆 수챗구멍에…….

빵집주인 알았소. (급히 나간다.)

주인여자 (가슴에 두 손을 대고) 왜 이렇게 가슴이 콩닥콩
닥 뛰지? 제발 일이 잘되어야 할 텐데…….

조금 후에 빵집주인이 생쥐를 주워 들고 의기양양하게
들어온다.

빵집주인 (좋아라 출랑대며) 여보, 여보! 어서 그 구봉빵을
가져와 봐요. 이 생쥐를 빵 속에 쑤셔 넣게.

주인여자 여, 여기 있어요.

빵집주인 (빵을 이리저리 주무르며) 아주 정교하게 넣어야
하는데…….

주인여자 아유! 이리 줘 봐요. 그러다가 빵이 아니라 떡이
되고 말겠네.

부부가 정신없이 작업에 몰두한다. 그러느라 아이들이
들어오는 것도 눈치채지 못한다.

빵집주인 오케이! 완벽해. 이제 이 구봉빵을 빵틀에 넣고
푹 찌는 일만 남았군. 그래야 생쥐도 푹 삶기지.

주인여자 (두려운 듯) 정말 이래도 되는 걸까요?

빵집주인 글쎄 염려 말라니까. 이게 우리 맛나빵집이 사는
          유일한 길이오.

수 미 엄…….

경 호 (수미의 입을 막으며) 쉿!

수 미 (귓속말로) 엄마 아빠가 지금 뭘 하시는 거지?

경 호 뭔가 중요한 일을 벌이고 있는 게 틀림없어.

수 미 대체 무슨 일일까?

　어느 순간 뒤에 서 있는 아이들을 발견하고 엄마 아빠
흠칫 놀란다.

엄 마 (놀라며) 경호야! 수미야!

아 빠 (당황하며) 너, 너희들 언제 들어왔니?

수 미 엄마! 지금 뭐 하시는 거예요?

경 호 거기 탁자 위에 놓여 있는 게 뭐예요? 구봉빵 같
          은데…….

아 빠 (황급히 빵을 치우며) 아, 아, 아무것도 아니다.
          너희들은 몰라도 돼.

엄 마 (아이들을 잡아끌며) 어, 어서 들어가서 씻어라.
          저녁 먹게.

아이들이 고개를 갸웃거리며 안으로 들어간다. 무대 잠
시 어두워졌다가 밝아지면 경호와 수미가 서서 이야기를
나누고 있다.

경　호　(심각한 표정으로) 틀림없이 무슨 일이 벌어지고
　　　　있어.

수　미　(고개를 갸웃하며) 엄마 아빠가 우릴 보고 왜 그
　　　　리 당황하셨을까?

경　호　흠! 우리에게 알리고 싶지 않은 무슨 비밀이 있는
　　　　거야.

수　미　비밀? 그게 뭘까?

경　호　분명 아까 아빠가 황급히 감춘 건 구봉빵이었어.

수　미　생쥐 이야기도 했어.

경　호　그래. 생쥐가 삶기게 빵을 찐다는 말도 했잖아.
　　　　그게 무슨 말일까?

수　미　생쥐와 구봉빵, 구봉빵과 생쥐. 꼭 무슨 추리소
　　　　설을 읽는 것 같은데?

경　호　(고개를 갸웃거리다가 확신한 듯) 내 추측이 틀리
　　　　지 않는다면 이건 너무도 큰 사건이야.

수　미　(궁금한 듯) 그게 뭔데? 어서 말해 봐.

경　호　내 생각에는 말이야······.

경호가 수미의 귀에 대고 뭐라고 이야기하자 수미가 놀라 뒤로 한발 물러선다.

수 미 (믿을 수 없다는 듯) 뭐? 우리 엄마 아빠가 설마 그런 일을 저지르겠어?

경 호 아냐. 돌아가는 정황으로 봐서 틀림없어. 그만큼 가게가 어려워졌다는 얘기야.

수 미 아무리 그래도 그렇지 어떻게 그런 일을······.

경 호 일이 더 커지기 전에 어떻게든 우리가 막아야 돼. 넌 엄마 아빠가 뭘 하시는지 잘 살펴봐. 난 잠깐 나갔다 올 테니까.

수 미 알았어, 오빠.

아이들이 나가고 나면 엄마 아빠 등장한다. 수미가 살며시 의자 뒤에 숨어서 엄마 아빠의 모습을 지켜보고 있다.

빵집주인 (주위를 둘러보며) 아이들은 다 나갔지?

주인여자 예. 아까는 아이들에게 들킨 줄 알고 얼마나 놀란 줄 아세요? 지금도 가슴이 두근거리네.

빵집주인 아, 아이들이 뭐 에미 애비가 뭘 하든 신경이나 쓰겠소? 컴퓨터게임에나 열을 올리지.

주인여자 (한숨을 쉬며) 이게 다 저희들 잘 키우려고 하는 짓인 줄 알기나 할는지…….

빵집주인 (빵 봉지를 탁자 위에 올려놓으며) 쓸데없는 생각
하지 말고 이거나 잘 보고 있어요. 난 방송국에
전화 걸고, 길거리 나가서 지나가는 사람들에게
크게 외칠 테니까.

주인여자 (체념한 듯) 당신 마음대로 하세요.

빵집주인이 전화번호부를 뒤져 방송국에 전화를 건다.

빵집주인 (전화기에 대고)… 예, 예! 틀림없이 구봉빵에서
이물질이 나왔습니다. 아까 우리 아이가 사온 구
봉빵에…… 그럼요, 그 빵을 보관하고 있고말고
요. 어서 와서 취재를…….

주인여자 기자가 오겠대요?

빵집주인 번개같이 달려오겠다는군. 가만있자, 나는 거리
에 나가서…….

주인여자 이왕 시작한 일이니 연기를 잘하세요.

빵집주인 걱정 말아요. 연기라면 자신 있지.

밖으로 나간 빵집주인이 길 가는 사람들에게 큰 소리로
외친다.

빵집주인   (큰 목소리로) 구봉빵에서 이물질이 나왔다! 여러
분, 구봉빵에서 이물질이 나왔어요.

구경꾼 1   (관심을 보이며) 그게 참말이오?

구경꾼 2   (못 믿겠다는 듯) 구봉빵에서 이물질이라니, 설마
그럴 리가?

빵집주인   거짓말이 아닙니다. 이제 곧 방송국에서 취재차
기자가 나올 겁니다. 그러면 문제의 이물질을 공
개하겠습니다.

사람들, 웅성거리며 몰려든다.

구봉빵집주인　(흥분해서) 우리 구봉빵에서 이물질이 나오
　　　　　　　다니, 그럴 리가 없소.

빵집주인　흥! 직접 이물질을 보고 난 후에도 그런 말을 할
　　　　　수 있는지 두고 봅시다.

구봉빵집주인　(고개를 가로저으며) 아니야. 이건 모함임이
　　　　　　　분명해. 모함이란 게 밝혀지면 당신은 무고죄로
　　　　　　　감옥에 가야 할걸.

빵집주인　(뜨끔해서) 무고라니! 증거가 완벽히 있는데도 무
　　　　　고라니!

구경꾼 1　(옆 사람에게 소곤거린다.) 빵에서 이물질이 나온
　　　　　게 사실이라면 구봉빵도 이제 끝장이군.

구경꾼 2　구봉빵이 참 맛이 있었는데.

구경꾼 3　그러나 맛나빵집의 자작극으로 밝혀지면 큰 벌을
　　　　　받게 될걸.

구경꾼 1　(궁금한 듯) 대체 이물질이란 게 뭘까?

이윽고 카메라를 둘러멘 기자들이 허겁지겁 도착한다.

기　자　(숨을 몰아쉬며) 어디 있습니까? 이물질이 나왔
　　　　　다는 문제의 그 구봉빵이?

빵집주인　(빵봉지를 들어 보이며) 이 속에 있습니다. 지금
　　　　　내가 그 구봉빵을 탁자 위에 꺼내 보이겠습니다.

구경꾼 1 (옆 사람에게) 빵 속에서 바퀴벌레라도 한 마리 나왔을까?

구경꾼 2 설쳐대는 걸로 봐서는 쥐새끼라도 한 마리 나온 것 같은데?

구경꾼 3 으흐흐! 빵에서 쥐새끼라니.

  빵집주인이 빵봉지 속에서 구봉빵을 천천히 꺼내 탁자 위에 놓는다.

빵집주인 (숨을 한 번 깊게 쉰 다음) 보기에는 먹음직한 이 구봉빵 속에 바로 그 문제의 이물질이 들어 있습니다. 자, 그러면 이 구봉빵을 쪼개 보겠습니다. 과연 이 속에서 뭐가 나올지, 여러분, 놀라지 마시고 잘 보십시오.

구경꾼들 사설은 그만 늘어놓고 어서 쪼개 보시오.

빵집주인 예, 그럼…… (구봉빵을 쪼개며) 얍! 바로 이겁니다.

  그러나 그 속에서 나온 건 생쥐가 아니라 돌돌 말아 넣은 리본이다.

기자 1 (의아한 듯) 이게 뭐죠? 리본 같은데?

빵집주인 (놀라며) 엇? 이게 뭐지?

기자 2   (리본을 꺼내 풀어 가며 읽는다.) '사 랑 해 요 구 봉 빵'?

빵집주인   (화들짝 놀라며) 이, 이, 이게 대체 어떻게 된 일 이지? (빵 속을 이리저리 살핀다.)

기자 1   빵은 아무 이상이 없어 보이고…….

기자 2   (리본을 가리키며) 이물질이란 게 바로 이건가요?

빵집주인   (허둥거리며) 아, 아, 아뇨. 그럴 리가 없는데, 어 째 이런 일이 벌어지지?

둘러선 구경꾼들 웅성거린다.

구경꾼 1   이물질이 아니라 구봉빵 선전 아냐?

구경꾼 2   맞나빵집에서 구봉빵 선전을 하다니 알 수가 없군.

구경꾼 3   (아는 체하며) 이건 고도의 마케팅 전술이야. 서 로 상품을 바꾸어 선전하는 거지.

빵집주인   (손을 내저으며) 아, 아닙니다. 아까 분명 이 구 봉빵 속에서…….

기자 1   (다그치듯) 솔직히 말씀해 보세요. 구봉빵 속에서 뭐가 나왔나요?

빵집주인   (진땀을 흘리며) 그게 그러니까 구봉빵 속에서 나 온 게 생, 생, 생…….

기자 2   생, 생, 생?

주인여자 (남편의 말을 황급히 가로채며) 호호호호호! 그러니
까 구봉빵 속에서 나온 건 맛있는 생크림이었지요.

구경꾼들 (동시에) 생크림?

구경꾼 1 구봉빵 속에 이제 생크림을 넣는 모양이군.

구경꾼 2 맛있겠다. 생크림 든 구봉빵.

구봉빵집주인 (고개를 갸웃하며) 생크림이라. 내가 언제
생크림빵을 구웠지?

기자 1 그러니까 이물질이란 게 바로 생크림이었군요?

빵집주인 (정신없이) 예? 아, 예, 헤헤헤헤! 그러니까 말하
자면 뭐 그런 셈이죠.

기자 2 나 참, 기가 막혀서. 난 또 무슨 특별한 이물질이
나온 줄 알았잖아.

기자 1 에잇! 특종인 줄 알고 허겁지겁 달려온 내가 바보
군.

주인여자 미안해요, 기자님들.

구봉빵집주인 (빵집주인에게 손을 내밀며) 여차하면 무고
죄로 고발하려 했더니 그게 아니었구려. 우리 구
봉빵을 이렇게 선전해 주다니 아무튼 고맙수다.

빵집주인 (손을 잡으며) 아, 예, 뭐, 이웃끼리 잘 지내야죠.

구봉빵집주인 그래요. 우리 앞으로 잘해 봅시다.

구경꾼 1 에이, 이게 뭐야? 바쁜 사람 붙잡고…….

구경꾼 2 (돌아서며) 자, 가세.

주인여자 (황급히 사람들을 막으며) 자, 잠깐만요. 미안한 마음의 표시로 빵을 하나씩 드릴게요. 드시고 가세요.

구경꾼 3 (좋아서) 엥? 공짜로 빵을?

구경꾼 1 그거야 나쁠 것 없지.

사람들 모두 빵을 하나씩 받아서 뜯어 먹으며 나간다.

구경꾼 1 맛나빵도 맛이 좋은데?

구경꾼 2 그러니까 맛나빵이지.

구경꾼 3 앞으로 맛나빵도 좀 사 먹어야겠어.

사람들 모두 나가고 나면 빵집주인이 고개를 푹 숙이고 서 있다.

엄 마 미안해요, 여보.

아 빠 (크게 한 번 심호흡을 한 후) 내가 잠시 제정신이 아니었나 부오.

엄 마 그래요. 우리 둘 다 뭔가에 홀렸어요. 욕심에 눈이 멀어……

아 빠 내가 생각해 낸 건 묘책이 아니라 바로 죽을 꾀였구려.

엄 마	결국은 살 꾀였지요. 이제 정신이 번쩍 들었으니까.
아 빠	(아내의 손을 잡으며) 고맙소. 당신이 날 살렸구려.
엄 마	아니에요. 우리를 위기에서 구한 건 내가 아니라 아이들이에요. 아이들이 깨우쳐 주지 않았더라면 나도 계속 헛된 망상에 사로잡혀 있었을 거예요.
아 빠	(놀라며) 경호와 수미가?
경 호	(한발 나서며) 아빠, 아빠 심정 충분히 이해할 수 있어요. 그러나 그렇게 남을 모함하면…….
수 미	그래요. 아무리 어려워도 장사란 정직과 신용으로 해야 한다고 배웠어요.
아 빠	(더욱 고개를 숙이며) 너희들 볼 면목이 없구나. 미안하다.
경 호	(명랑하게) 아니에요. 이제 모든 게 잘 해결됐잖아요.
수 미	그래요. 아빠! 힘내서 다시 시작해요. 아빠 빵 만드는 솜씨는 최고잖아요.
아 빠	(밝은 목소리로) 그래. 이제 정말 정직하게 장사를 한번 해 봐야겠다. 밀가루나 팥도 최고로 좋은 제품을 쓰고…….
엄 마	호호호호호! 아이들이 우리 선생님이군요.
아 빠	뭐? 선생님? 하하하하! 그렇지, 선생님이지.

경호, 수미 히히히히! 헤헤헤헤!

온 가족이 즐겁게 웃는다. 희망찬 음악 소리 울려 퍼지며 막이 닫힌다.

하늘로 돌아간 천사

▶ 때 : 2011년

▶ 곳 : 중국집, 거리, 병원

▶ 나오는 사람들 : 우수, 춘식, 주방장, 사장, 아이 1, 아이 2, 빵집
　주인, 기자 1, 기자 2, 이웃사람, 의사, 간호사, 그 외 아이들

▶ 무대 : 카운터와 주방이 보이고 식탁이 서너 개 놓여 있는 중국집
　내부 풍경

1

막이 열리면 우수가 철가방을 들고 부리나케 홀 안으로 들어온다.

우 수   (탁자 위에 철가방을 탁 놓으며) 휴! 아고 숨차! 무슨 놈의 성질들이 다 그렇게나 급한지, 가는 데 십 분도 안 걸렸는데 늦었다고 난리니…….

사 장   (카운터에서 돈을 세며) 야, 우수야! 사설 늘어놓을 시간 없다. 길 건너 아랑미용실에 짜장면 두 그릇이다.

우 수   (짜증스럽게) 사장님! 숨이나 좀 쉬고 나갑시다요. 내가 뭐 무쇠로 만든 사람도 아니고…….

사 장   아니, 점심 먹고 이제 고작 두 군데 배달 갔다 와 놓고는 뭔 엄살이냐, 엄살이!

우 수   하! 참. 두 군데라구요? 이게 벌써 다섯 번째요, 다섯 번째!

사 장   다섯 번째고 여섯 번째고 간에, 내가 배달 다닐 땐 말이여, 신발 바닥에서 고무 타는 냄새가 풀풀 나게 뛰어…….

그때 주방에서 주방장이 짜장면 그릇을 내밀며 고함을 지른다.

주방장　짜장면 두 그릇 나왔어우왔!

사　장　아, 빨랑 담아 갖고 가! 아랑미용실 강여사 성깔 몰라서 그래? 벌써 두 번이나 전화 왔다. 빨리 안 가져온다고.

우　수　(짜장면을 철가방에 담으며) 차라리 우물에 가서 숭늉 달래지. 망할 놈의 여편네 같으니라구.

　우수가 철가방을 들고 황급히 달려나간다. 그 뒤에 대고 주인이 생각났다는 듯 소리친다.

사　장　그리고 오는 길에 돈돈부동산에 들러서 짬뽕 한 그릇 값 오늘은 꼭 받아 오너라이.

우　수　(소리만 들린다.) 알았시오.

사　장　햐! 참, 치사한 인간. 짬뽕 한 그릇 불러 먹은 지가 언제야? 돈 오천 원도 안 되는 걸 외상으로 먹고 질질 끌다니······.

　이때 전화벨이 요란하게 울린다.

사　장　(얼른 수화기를 들고) 예, 홍콩반점입니······ 아, 강여사! 벌써 배달 나갔습니다. 예, 예. 헤헤헤헤! 그러문입죠. 이제 막 문 열고 들어갈 겁니다.

사　장　(수화기를 탁 놓으며) 아이고! 번갯불에 콩 볶아 먹다가 벼락 맞아 죽을 여편네 같으니라구. 그렇게 급하면 달려와서 한 그릇씩 처묵고 가든가. 원, 사람을 숨도 못 쉬게 잡죄네.

춘　식　(행주로 식탁을 훔치며) 히히힛! 우리 사장님, 강 여사 앞에서는 온갖 아양을 다 떨면서 안 듣는 데서는 욕도 하시네요잉.

사　장　(버럭 화를 내며) 뭐? 내가 언제 아양을 떨었다고 그따위 소릴 지껄이는 게야?

춘　식　히히히! 히힛! 이래 봬도 내가 눈치가 구단입니다요.

사　장　조, 조, 조녀석 촐랑대는 주둥아리…… (그러다가 들어오는 손님을 반기며) 어서 오십쇼! 저쪽으로 앉으세요. 춘식아! 뭐하고 있냐? 어서 물수건 내오지 않고.

춘　식　예예, 가져갑니다요.

부산하게 손님을 맞는 가운데 무대 어두워진다.

2

무대 다시 밝아지면 어느 빵집 앞 거리다. 빵집주인이 안에서 두 녀석을 끌고 나오며 고래고래 고함을 지르고 있다.

빵집주인　(멱살을 잡고 흔들며) 이런 쥐새끼 같은 녀석들. 훔친 빵 이리 내놔!

아이 1　(얼른 한 입 우물우물 씹으며) 잘못했어요. 냄새가 너무 구수해서…….

빵집주인　요런 고얀 녀석! (입을 벌려 기어이 빵을 뱉어 내게 한다.) 먹고 싶으면 돈을 내고 사 먹어야지, 쥐방울만 한 것들이 벌써부터 도둑질이라니.

아이 2　도둑질이 아니에요. 나중에 돈 생기면 꼭 갚을 작정이었어요. 지금은 돈 없단 말을 못했지만…….

빵집주인　(머리를 꽁 쥐어박으며) 이 맹랑한 녀석! 말 안 하고 가져가는 게 바로 도둑질인 게야. 여러 말할 것 없다. 자, 경찰서로 가자.

아이 1　(놀라며) 제발 경찰서에는 끌고 가지 마세요, 네?

빵집주인　흥! 경찰서뿐일 줄 아느냐? 너희 부모님, 학교에도 연락해서 혼을 내어놓아야지.

아이 2　(손을 싹싹 빌며) 다시는 이런 짓 않을게요. 그냥 이번 한 번만 용서해 주세요.

빵집주인　어림없지. 내 소중한 빵을 훔쳐 먹은 네놈들을 내가 그냥 놓아줄 것 같애?

아이 1　제발 아저씨!

아이 2　아저씨! 한 번만…….

빵집주인　(매정하게) 시끄러워!

　철가방을 들고 이 모습을 바라보고 섰던 우수가 빵집주인에게 말을 건다.

우　수　사장님, 웬만하면 한 번 용서해 주시죠. 아이들도 깊이 반성하고 있는 것 같은데…….

빵집주인　(아래위를 쓱 훑어보며) 당신 뭐요? 주제에 웬 참견이야?

우　수　참견이 아니라 보기 하도 딱해서 그럽니다. 아이들이 어쩌다가 한 번 실수한 걸 가지고…….

빵집주인　흥! 쓸데없는 참견 말고 당신 일이나 잘하쇼. 나 참 기가 막혀서……. (아이들을 잡아끌며) 어서 경찰서로 가자.

우　수　자, 잠깐! 그만한 일로 아이들을 경찰서로 끌고 가다니……. 내가 빵 값을 물어 줄 테니 그냥 없던 일로 해 주시죠. 빵 값이 얼맙니까?

빵집주인 (잠시 우수를 노려보다가) 두 개니까 삼천 원이오.

우 수 (돈을 꺼내 주며) 그 빵도 아이들에게 돌려주셔야
죠.

빵집주인 (빵을 던지듯이 손에 쥐어 주며) 당신 말이야, 내
가 돈 때문에 이러는 줄 아나 본데, 아이들 교육
의 문제라구. 쓸데없이 잘난 척하고 나서는데 당
신 주제파악이나 하는 게 좋을걸.

　빵집주인이 뭐라고 구시렁거리며 안으로 들어가고 나면
우수가 아이들을 타이른다.

우 수 너희들, 아무리 먹고 싶어도 남의 것을 훔쳐 먹으
면 못 쓰지.

아이 1 (빵을 우적우적 먹으며) 그 정도는 우리도 안다구
요.

아이 2 그런데 구수한 빵 냄새가 진동하면 나도 모르게
손이 나간다니까요.

우 수 (엄하게) 그래도 안 돼. 끝까지 참아야지.

아이 2 여태까지 잘 참아 왔는데…… 오늘은 정말 실수
였어요.

아이 1 너무 나무라지 마세요. 이래 봬도 우린 착한 아이
들이라구요.

우 수	(고개를 끄덕이며) 암, 착해야지.
아이 1	(철가방을 만지며) 그런데 아저씬 어느 중국집에서 일하세요?
아이 2	(부러운 듯) 아저씬 좋겠다. 짜장면 마음대로 먹을 수 있고…….
아이 1	왜 우리 보육원에서는 짜장면 안 만들어 주는지 몰라.
아이 2	맞아. (침을 꼴깍 삼키며) 아! 짜장면 먹고 싶다.
우 수	짜장면이 그렇게도 먹고 싶니?
아이들	(동시에) 예! 짜장면 너무너무 맛있어요.
아이 2	짜장면 안 좋아하는 아이는 우리나라에, 아니 이 세상에 아무도 없을걸요.
우 수	(잠시 생각하다가) 그럼 말이다, 날 한번 찾아오너라. 짜장면 한번 실컷 먹여 줄게.
아이들	(반기며) 그게 정말이세요?
우 수	그럼 정말이지. 어른인 내가 코흘리개 너희들 붙들고 농담하겠니?
아이 1	(팔을 번쩍 들며) 야호! 신난다.
아이 2	아저씨, 멋쟁이셔!

아이 둘이 서로 손바닥을 짝 부딪치며 좋아한다. 그런 아이들에게 우수가 손을 들어 저쪽 중국집을 가리킨다.

우 수   알겠지? 저 건물 이층에 홍콩반점. 거기 와서 김

우수를 찾아라.

아이 1   예. 그러니까 아저씨 이름이 김우수로군요.

아이 2   (친구를 집적이며) 얌마! 어른 이름은 김우수씨라

고 하는 거야.

아이 1   죄송합니다. 해해! 김우수씨 아저씨. (꾸벅 절을

한다.)

우 수   (웃으며) 그냥 우수아저씨라고 해라.

아이들   예, 우수아저씨.

아이들이 히히거리며 나가면서 우수에게 다짐한다.

아이 1   아저씨, 짜장면 잊지 마셩.

아이 2   약속 꼭 지키삼.

우 수   걱정 말고 다음에 오기나 하숑.

나가는 아이들의 뒷모습을 지켜보던 우수가 혼잣말로 중
얼거린다.

우 수   나도 보육원생이었을 때 짜장면이 너무도 먹고

싶었었지. 조금만 형편이 넉넉하면 저 아이들도

좀 도와주면 좋으련만……

시계를 보던 우수가 철가방을 챙겨 들고 황급히 나가면 무대 어두워진다.

3

무대 다시 밝아지면 중국집 홀이다. 종업원들이 월급봉투를 받아들고 돈을 세고 있다.

춘 식 쉰일곱, 쉰여덟, 쉰아홉, 예순! 햐! 꼴랑 육십만 원! 이게 한 달 월급이라니…….

우 수 …… 예순둘, 예순셋, 예순넷, 예순다섯…….

춘 식 (옆에서 출랑대며) 워메, 그렇게나 많아요? 칠십만 원도 넘겠네.

우 수 예순…… 햐! 짜식, 지껄이는 바람에 그만 헷갈렸잖아.

춘 식 에이, 새대가리도 아니고…… 예순여섯 셀 차례잖아요. 그러지 말고 우수아저씨, 돈 좀 꾸어 주세요.

우 수 (머리를 꽁 쥐어박으며) 에라이 녀석. 월급날 돈 꿔달라는 놈은 네놈밖에 없을 게다.

춘 식 (머리를 만지며) 아, 때리긴 왜 때려요?

우 수 (돈을 들어 흔들며) 이게 많아 보이냐? 내가 몇 년째 철가방 배달하는 줄 알기나 알아?

춘 식 (퉁명스럽게) 몇 년짼데요?

우 수 육 년째다, 왜! 육 년 철가방 배달에 칠십만 원이
많냐? 많아?

춘 식 그래도 아저씬 돈 쓸 데가 없잖아요. 가족이 있는
것도 아니고 애인이랑 놀러 다니는 것도 아니
고…….

주방장 (안에서 나오며) 맞아. 옷을 사 입는 것도 아니고
영화 구경을 가는 것도 아니고…….

춘 식 내 말이 바로 그 말이라니깐요. 대체 그 돈 다 어
디에 쓰세요?

우 수 야, 이 녀석아. 난 뭐 밥 안 먹고 사냐? 쌀값에다
방세에다 또…….

춘 식 또 뭐요? 이제 없잖아요? 방세도 고시방 한 달에
이십만 원이면 되고, 이리저리 아무리 써도 한 이
십만원은 남겠네.

주방장 그런데 우수형, 오늘도 은행에 가실 거유? 대체
적금을 얼마나 넣으슈?

우 수 적금은 무슨…….

주방장 내 다 알고 있는데 뭘. 한 달에 한 십만 원씩 적
금 넣는 것 맞죠?

우 수 아, 아냐. (목소리를 낮춰서) 내 잠깐 나갔다 올

테니 사장님껜 말하지 마라.

주방장 알겠수다. 다녀오슈.

춘 식 (나가는 우수를 바라보며) 우와! 우수아저씨 정말
착실하네요. 한 달에 십만 원씩 그동안 육 년이면
돈이 얼마야? 천만 원도 넘겠는걸.

주방장 적금도 적금이지만 다달이 어디엔가 송금도 하는
것 같애.

춘 식 송금을 한다구요? 우수아저씨가 돈을 부쳐 보낼
곳이 어디 있어서? 부모 형제 하나 없는 천애고
아잖아요?

주방장 그래도 알 수 없지. 어디 숨겨 놓은 아들이라도
있는지.

춘 식 에이, 설마. 장가도 안 가 본 우수아저씬데 그럴
리가 있어요?

주방장 아냐, 사람마다 다 남모르는 사연이 있는 거야.
아무튼 네놈도 쓸데없이 낭비하지 말고 단돈 몇
만 원씩이라도 돈을 모아. 그래야 장가도 가고 할
거 아냐?

춘 식 (한숨을 쉬며) 휴 — 망할 놈의 돈. 카드 청구서
결제하고 나면 이달도 또 적자네, 적자야.

주방장 (머리를 꽁 쥐어박으며) 에라이, 한심한 놈. 네
분수에 카드가 뭐냐, 카드가?

춘 식 아, 왜 때려요? 내가 뭐 동네북인 줄 아슈? 말만
하면 툭툭 치게.

　이때 문이 열리며 카메라를 둘러멘 방송국 기자 두 명이
들어선다.

춘 식 어서 옵쇼. (카메라를 보고 놀라며) 어, KDS방송
국에서 나왔네.

사 장 (화들짝 놀라며) 오! 우리 홍콩반점 취재차 나오
신 거로군요? 이, 이리 앉으시죠. 드디어 우리 홍
콩반점 소문을 들으셨군요.

춘 식 (촐랑대며) 기자님, 호, 호, 홍콩반점 소개하면
종업원인 나도 방송에 나오는 거죠?

사 장 (머리를 꽁 쥐어박으며) 제발 넌 좀 나서지 말고
빠져라잉!

춘 식 아, 왜 때려요?

기자 1 (정중하게) 저, 홍콩반점 소개차 나온 게 아니고
사람을 좀 찾으러 왔습니다.

사 장 (실망하며) 사람? 누구를요?

기자 2 김우수씨라고, 혹시 계시나요?

사 장 김우수? 우수라면 우리 홍콩반점 종업원입니다
만…….

기자 1 (반기며) 계세요? 그분이 여기 계세요?

사 장 (어정쩡하게) 예, 그런데 우수가 무슨 잘못이라도 저질렀……?

기자 1 (황급히 손을 내저으며) 아, 아닙니다. 그런 게 아니고…….

좀 떨어진 곳에서 춘식이와 주방장이 기자들을 힐끔힐끔 바라보며 이야기를 주고받고 있다.

주방장 기자들이 우수형을 왜 찾지?

춘 식 (알겠다는 듯이) 흠! 아무래도 우수아저씨가 큰 죄를 지은 모양이로군.

주방장 (고개를 갸웃하며) 우수형이 그럴 사람이 아닌데…… 혹시 배달 가서 남의 물건을 슬쩍했나?

춘 식 (손뼉을 탁 치며) 맞아요. 남의 물건을 슬쩍한 게 틀림없어요. 무슨 물건을 훔쳤을까? 금반지? 금목걸이? 아니면 현금? 세상에……! 어쩌면 그런 짓을!

주방장 (의아한 듯) 그런 일이라면 경찰서에서 나올 건데 어째서 방송국에서 나왔을까?

춘 식 듣고 보니 그러네요. 그러면 대체 무슨 일이지?

주방장 (춘식을 밀쳐내며) 촐랑대지 말고 가만 좀 있어 봐. 뭐라 하는지 들어 보자.

　주방장과 춘식이가 슬금슬금 가까이 다가가 기자들의 이
야기를 듣는다.

기자 2　김우수씨가 오랫동안 불우한 어린이들에게 기부
　　　　를 해 와서 그걸 취재하러 나왔습니다.

사　장　우수가 뭘 했다구요? 방금 기부라 했습니까?

기자 1　예, 기부.

사　장　하하하하, 뭘 착각하고 오신 것 같은데, 우리 홍
　　　　콩반점 김우수는 그런 일을 할 사람이 아닙니다.
　　　　저 살아가기도 어려운데 기부를 어떻게 합니까?

주방장　(우습다는 듯) 훗! 우수형이 기부를 했대.

춘　식　히히힛! 어디서 무슨 엉뚱한 얘기를 듣고 찾아온
　　　　모양이로군.

기자 2　(고개를 갸웃하며) 틀림없이 김우수씬데…….

사　장　그런데 김우수란 사람이 기부를 얼마나 했습니
　　　　까?

기자 1　(메모지를 꺼내 보며) 예, 지난 오 년 동안 꼬박
　　　　꼬박 한 달에 십만 원이나 이십만 원씩 어려운 어
　　　　린이들에게 모두 칠백팔십여만 원을 기부했습니
　　　　다.

주방장 (놀라며) 오 년 동안이나 기부를!

춘 식 (입을 딱 벌리며) 칠백팔십만 원이나! 그 돈이면 멋진 오토바이를 한 대 사겠다.

사 장 (손을 내저으며) 에이, 그렇다면 우리 집 우수는 더더욱 아닙니다. 얼마나 구두쇤데…… 허튼 돈 한 푼 쓰는 걸 본 적이 없습니다.

기자 1 그래도 한번 만나 봤으면 좋겠습니다만…….

사 장 그러세요, 뭐. (큰 소리로) 우수야! 우수야!

주방장 은행에 잠깐 갔다 온다고 나갔…….

사 장 뭐? 이, 이, 사장도 모르게 나갔단 말이야?

기자 2 (궁금한 듯) 그런데 김우수씨가 월급은 얼마나 받습니까?

사 장 (으쓱하며) 우리 홍콩반점이 다른 중국집에 비해 월급을 좀 후하게 주는 편이죠.

기자 1 그러니까 얼마나 되는지?

사 장 그러니까 에, 또…….

춘 식 (잽싸게) 칠십만 원요. 난 육십만 원이고…….

사 장 (춘식을 노려보며) 춘식아, 넌 좀 빠져라잉.

기자 2 (놀라며) 칠십만 원이라구요?

기자 1 하, 한 달에 고작 칠십만 원?

사 장 고작이라니요? 아, 다른 중국집에 비해서는 많은 편입니다. 저 건너편 북경반점에서는…….

춘　식　(돌아서서 혼잣말로) 쳇! 걸핏하면 북경반점이래.
　　　　북경반점이 우리보다 월급 많이 주는 게 벌써 언
　　　　제부턴데.

기자 2　(친구를 돌아보며) 그 돈에서 십만 원, 이십만 원
　　　　씩 떼어 낸다는 건 불가능한 일 같은데?

기자 1　(고개를 끄덕이며) 아무래도 우리가 동명이인을
　　　　잘못 찾아온 것 같네.

주방장　(갑자기 생각난 듯) 아, 맞다. 저쪽 골목에도 우수
　　　　라는 이름을 가진 사람이 한 사람 산다던데…….

기자들　(동시에 반기며) 예? 그게 정말이에요?

주방장　예에. (자기 머리를 주먹으로 쥐어박으며) 아유,
　　　　돌대가리! 왜 이제야 생각이 나지?

기자 1　거기가 정확히 어딥니까?

주방장　(손가락으로 가리키며) 저기 삼층 건물 보이죠?
　　　　그 안쪽 골목에…….

기자 2　(카메라를 어깨에 메며) 실례했습니다. 자, 가세.

기자 1　(나가면서) 실례 많았습니다.

사　장　(어정쩡하게) 예, 예, 뭐…….

　기자 둘이 서둘러 나가면, 사장과 주방장, 춘식이 그 뒷
모습을 바라보고 있다. 이때 아이들 예닐곱 명이 재잘거리
며 등장한다.

사 장   어서 옵…… 아니, 웬 아이들이 이렇게 많이 몰려 오지?

아이 1   (두리번거리며) 여기 김우수씨라고 있죠? 우수아 저씨를 찾아왔는데요?

사 장   (고개를 갸웃하며) 오늘따라 우수를 찾는 사람들 이 왜 이리 많지?

주방장   얘, 꼬마야. 우수아저씨는 뭣 때문에 찾니?

아이 2   우수아저씨가 짜장면 배 터지게 한번 먹여 주겠 다고 들르라고 해서…….

사 장   뭐? (기가 막힌다는 표정으로) 우수 이노무 자식 또 일 쳤구먼.

춘 식   히히힛! 전에는 할아버지 할머니를 한 떼 모시고 오더니…….

주방장   흐흐흐훗! 아무튼 우수형은 못 말린다니까.

사 장   (버럭 화를 내며) 뭣이 좋다고 히히거려? 빨랑 일 들 못해?

주방장, 춘식   아, 예예.

사 장   그리고 손님들 빨리 자리로 안내 안 하고 뭐 하 냐, 춘식이 넌?

춘 식   예? 아, 예예. 얘들아, 이리 앉아라. (아이들을 자리로 안내한다.)

아이 1   (자리에 앉으며) 와! 맛있는 냄새 난다.

아이 2 진짜 죽여주네.

아이들 (메뉴판을 보며) 짜장면, 간짜장, 짬뽕, 우동, 탕
    수육…….

  아이들이 히히거리며 왁자하게 떠들어 댄다. 이때 우수가
문을 열고 들어오자, 사장이 김우수를 향해 고함을 지른다.

사 장 야, 김우수! 근무시간 중에 어딜 쏘다니다 오는
    거야? 직장이 너네 사랑방인 줄 아니? 그리고
    (목소리를 낮춰) 아이들을 불렀으면 먼저 이, 이,
    사장에게 이야기해야 될 거 아냐?

우 수 (머리를 긁적이며) 미안합니다, 사장님. 저 아이
    들 짜장면 값은 제 월급에서 제할게요.

사 장 이런 망할! 누굴 천하에 못된 사장으로 만들 참이
    니? 너만 착하고 난 뭐 철면피냐?

우 수 (감격해서) 죄송합니다, 사장님. 그리고 번번이
    고맙습니다. 아이들이 원체 가여워서…….

사 장 잔말 말고 빨랑 배달이나 갔다 와. 또 그 여편네
    앙칼진 독촉전화 오기 전에.

우 수 아랑미용실이군요. 짜장면 몇 그릇?

사 장 물어볼 게 뭐 있어. 두 그릇이지.

우 수 예, 번개같이 갔다 올게요.

이때 아이들이 우수를 발견하고 반갑게 이름을 부른다.

아이 1   (큰 소리로) 아저씨, 우수아저씨.

아이 2   우리 살 찾아왔죠? (미안한 듯) 친구들이 하도 따라오겠다고 해서…….

우 수   (아이들 곁으로 다가가며) 그래, 모두 잘 왔다. 그리고 오늘 짜장면은 말이야, 내가 내는 게 아니고 우리 사장님이 내시는 거야.

아이들   우와! 사장님 멋쟁이.

아이 1   (일어서서 꾸벅 절을 하며) 사장님, 고맙습니다.

사 장   (헛기침을 하며) 으흠, 흠! 뭘, 허허허.

춘 식   야, 오늘 사장님 정말 멋지시다. 우리 멋진 사장님께 박수!

아이들   와!

아이들이 환호성을 지르면서 박수를 치고, 사장은 겸연쩍은 표정을 지으며 손을 들어 답례한다. 그 사이, 주방장이 짜장면 두 그릇을 내어놓으며 소리친다.

주방장   배달 짜장면 두 그릇 나왔으우왓!

우 수   (철가방을 들고 나서며 아이들에게) 내 배달 갔다 올 테니 짜장면 나오면 먹고 있어라.

아이들　(신이 나서) 예.

　우수가 철가방을 들고 나간 후 주방장과 춘식이가 짜장면을 내오자, 아이들이 기뻐 날뛰며 짜장면을 먹기 시작한다. 이때 나갔던 방송국 기자 둘이 헐레벌떡 문을 열고 다시 들어온다.

사　장　엥? 또 오셨네? 김우수란 사람은 찾았소?

기자 1　아니요. 그 사람이 아니었습니다.

사　장　아니라니? 그러면?

기자 2　이 홍콩반점에서 일하는 김우수씨가 바로 우리가 찾는 김우수씨임이 틀림없는 것 같습니다.

기자 1　(두리번거리며) 어디 계십니까? 김우수씨?

춘　식　우수아저씨, 방금 또 배달 나갔는데…….

기자 2　(난감한 듯) 햐, 참, 이거 자꾸 엇갈리네.

사　장　(고개를 갸웃하며) 우리 홍콩반점의 김우수가 바로 그 김우수라니, 그럴 리가 없는데…….

춘　식　(손가락으로 턱을 만지며) 흠! 이거 참 헷갈리네. 저 김우수가 그 김우수 아니라면, 이 김우수가 정말 그 김우수란 말인가?

주방장　(주방에서 고개를 내밀며) 아, 조금 있으면 다 알 텐데 뭘 그리 고민들 하쇼? 우수형 금세 들어올 겁니다.

그때 문이 벌컥 열리며 한 사람이 뛰어 들어와 고함을
지른다.

이웃사람 (다급하게) 큰일 났소. 이 집 철가방 김우수씨
　　　　　가…… 김우수가…….

사　장 김우수가 왜요? 무슨 일인데 이러십니까?

이웃사람 교통사고요, 교통사고!

사　장 (자리에서 벌떡 일어나며) 뭐라구요? 어, 어, 어
　　　　　디서요? 얼마나 다쳤습니까?

이웃사람 저쪽 길모퉁이에서 승용차랑 부딪쳤는데, 피가
　　　　　많이 나고…… 앰뷸런스가 오는 걸 보고 나는 연
　　　　　락한다고 급히 달려왔소.

춘　식 오! 하나님, 부처님! 하필 오늘 이런 일이…….

아이들도 놀라 짜장면을 먹다가 일어서고, 사람들이 당
황해서 어쩔 줄 몰라 하는 가운데 무대 어두워진다.

4

무대 다시 밝아지면 병원이다. 우수가 온몸에 주렁주렁 줄을 매달고 침대에 누워 있다. 잠시 후 사장과 주방장, 춘식, 기자들, 아이들까지 모두 우르르 몰려들어 온다.

사 장　(우수를 잡아 흔들며) 우수야, 어찌 된 일이냐 이 게?

간호사　환자를 너무 흔들면 안 됩니다.

춘 식　우수아저씨, 내 말 안 들리세요? 어쩌다 이런 일 이…….

아이들　(울먹이며) 우수아저씨!

사 장　(의사를 붙들고) 선생님, 큰 사고는 아니죠? 깨어 날 수 있죠?

의 사　(고개를 가로저으며) 아무래도 어려울 것 같습니 다.

주방장　(격한 목소리로) 뭐라구요? 그러면 우수형이 이 대로 죽는단 말입니까?

의 사　최선을 다했습니다만, 피를 너무 많이 흘려서…….

그때 우수가 의식이 잠시 돌아오는지 손을 조금 움직이 며 입을 달싹거린다.

기 자 1	오! 의식이 돌아오는 것 같아. 입술이 움직였어.
기 자 2	무슨 말을 하는 것 같은데?
의 사	마지막 말이 될지도 모릅니다. 잘 들으세요.
춘 식	(우수의 손을 잡고) 아저씨, 우수아저씨, 무슨 말씀이세요?
사 장	우수야, 뭐라고 했니? 다시 한 번 말해 봐.
우 수	(겨우 입을 열어) 내…… 적금통장…….
사 장	적금통장? 그래, 적금통장이 왜? 어디에 있니?
우 수	(숨을 몰아쉬며)…… 고시원 내 책상서랍 속…… 그걸 불우한 아이들에게 전해…… 주…….

사 장　　적금 든 돈을 불우한 아이들에게 전해 달라 이 말
　　　　　　이지?

우 수　　(들릴락 말락) 예…….

사 장　　(목멘 소리로) 걱정 마라. 꼭 그렇게 하마. 그보
　　　　　　다도 어서 정신을 차려야지.

기자 1　　(감격해서) 오! 저 거룩한 박애정신.

기자 2　　마지막 순간까지 아이들을 걱정하다니…… 그야
　　　　　　말로 천사로군.

기자 1　　그래, 천사가 분명해. 기부천사!

춘 식　　(울먹이며) 정말이었군요. 아저씨가 바로 그 훌륭
　　　　　　한 김우수였군요. 우린 그것도 모르고…….

주방장　　우수형! 어쩜 그렇게 우리한테까지 숨길 수 있어
　　　　　　요?

　우수가 얼굴에 희미한 미소를 짓나 싶더니 고개를 옆으
로 떨어뜨리며 숨을 거두고 만다.

의 사　　운명하셨습니다.

춘 식　　(비통하게) 아저씨! 우수아저씨!

주방장　　우수형! 흑흑!

모두들 눈물을 훔치고, 흐느끼던 아이들은 기어이 울음을 터뜨리고 만다. 이 모습을 낱낱이 촬영하던 기자가 입을 연다.

기자 1 여러분! 훌륭한 기부천사의 마지막 가시는 길을 슬퍼만 하지 말고 경건하게 보내 드립시다.

기자 2 그래요. 분명 김우수님은 천사가 되어 좋은 곳으로 가실 겁니다.

사 장 (눈물을 닦으며) 그렇군요. 그게 좋겠어요.

기자 1 자, 그럼 모두 김우수님의 명복을 빌면서, 경례!

모두 눈물을 훔치고 바른 자세로 서서 운명한 김우수를 향해 거수경례를 한다. 무대 가득 애잔한 음악 소리 흘러나오는 가운데 서서히 막이 닫힌다.

도깨비와 천하대장군

▶ 때 : 요즘

▶ 곳 : 시골

▶ 나오는 사람들 : 민희, 천하대장군, 지하여장군, 도깨비, 도둑
　1, 도둑 2, 할머니, 사나이, 누렁이

▶ 무대 : 동구 밖 길가에 천하대장군과 지하여장군이 나란히 서 있다.

막이 열리면 천하대장군이 지루해서 못 견디겠다는 듯 기지개를 켜며 입이 찢어져라 하품을 한다.

천하대장군　(몸을 비틀며) 아, 심심해서 미치겠군!

지하여장군　(천하대장군을 올려다보며) 애, 대장군아, 오늘 따라 웬 심심 타령이야? 하루이틀 견뎌 온 것도 아닌데.

천하대장군　왠지 오늘따라 더욱 심심한걸. 여장군아, 우리 신나게 춤이나 한판 출까?

지하여장군　(놀라며) 미쳤니, 너? 대낮부터 춤추다가 사람 들 눈에라도 띄면 어쩌려고 그래?

천하대장군　흐흐! 기절초풍을 하겠지. '세상에! 장승이 춤 을 추다니!' 하고 말이야.

지하여장군　(핀잔주듯) 그렇게 잘 아는 녀석이 그런 소릴 지껄이니?

천하대장군　그래도 못 참겠어. 인기척이 나면 재빨리 돌아 가 제자리에 서면 되지 뭐. (어깨춤을 추며 앞으 로 나온다.) 덩 덩덕 덩더쿵! 쿵 덩덕 쿵더쿵!

지하여장군　(가락에 맞춰 어깨를 들썩이며) 이거야 원 참! 저절로 어깨가 들썩거리네. 얼쑤! 좋고! 덩덕쿵 덕! 쿵덕쿵덕!

천하대장군과 지하여장군이 경중경중 뛰어다니며 덩실 덩실 춤을 춘다. 그러다가 갑자기 들려오는 사람의 비명소리에 놀라 부리나케 제자리로 돌아가 선다.

천하대장군 (작은 소리로) 무슨 소리지?
지하여장군 (입을 쫑긋하며) 쉿!

한 사나이가 혼비백산해서 뛰어 들어오며 고함을 지른다.

사나이 (숨을 헐떡이며) 으악! 귀, 귀, 귀신이다!

그 모습을 천하대장군과 지하여장군이 눈을 지그시 뜨고 내려다보고 있다.

사나이 (이마의 땀을 닦으며) 분명히 귀신의 짓이야. 그 렇지 않고서는 막대기가 공중에 둥둥 떠다닐 수 는 없는 일 아니겠어?
천하대장군 (귓속말로 여장군에게) 도깨비 녀석 짓이야.
사나이 (천하대장군을 힐끔 쳐다보다가) 어헉! 깜짝 놀랐 네. 장승이잖아. 그런데 천하대장군이 꼭 살아 있는 것 같애.

사나이가 천하대장군과 지하여장군을 흘낏흘낏 쳐다보
며 허겁지겁 달려나간다.

지하여장군　(화난 목소리로) 틀림없어. 또 그 녀석 짓이야.

천하대장군　(그렇다는 듯) 그 녀석 아니면 누가 그런 짓을
　　　　　　하겠어?

지하여장군　못된 녀석! 왜 자꾸 말썽을 부린다지?

　그때 킬킬거리는 웃음소리와 함께 방망이를 둘러멘 도깨
비가 불쑥 나타난다.

도깨비　　킬킬킬킬킬! 야, 너희들 소곤소곤 속닥속닥 무슨
　　　　　　재미있는 일 있냐?

천하대장군　(큰 소리로 나무라며) 너 또 사람 놀라게 했지?

지하여장군　(한심하다는 듯) 쯧쯧! 한동안 잠잠하다 했더
　　　　　　니……, 대체 또 왜 그러냐?

도깨비　　(버럭 화를 내며) 내가 뭘?

지하여장군　네가 한 짓 아냐? 조금 전에 혼비백산해서 뛰
　　　　　　어 들어온 사람?

도깨비　　아, 그 녀석? (킬킬거리다가) 못된 짓 하는 녀석
　　　　　　내가 손 좀 봐 줬지.

천하대장군　못된 짓? 뭐 못된 짓?

도깨비　　아, 대낮에 길바닥에다 거시기를 내놓고 칠칠칠
　　　　　　칠! 대체 그게 되겠어?

지하여장군　뭐? 그러니까 길바닥에다 칠칠칠칠 쉬를 했다
　　　　　　이 말이야?

도깨비　　그랬다니까, 글쎄.

천하대장군　고런 못된 녀석을 봤나!

지하여장군　그런 녀석이라면야 뭐, 혼이 나도 싸지.

도깨비　　(주변을 펄쩍펄쩍 뛰어 돌며) 잘했지? 내가 잘했
　　　　　　지? 킬킬킬킬!

천하대장군　이번엔 잘못한 것 같지는 않은데. 그래도 앞으
　　　　　　로는 쓸데없는 장난은 치지 마.

도깨비　　나 쓸데없는 장난 친 적 없어. 다 그럴 만한 이유
　　　　　　가 있다구.

지하여장군　(갑자기 입을 쫑긋하며) 쉿! 조용히 해. 인기척
　　　　　　이 났어.

저쪽에 민희가 할머니와 함께 소를 몰고 나타난다.

천하대장군　(낮은 목소리로) 민희잖아.

도깨비　　민희? 민희가 누군데?

지하여장군　서우실댁 손녀딸 말이야.

도깨비　　오, 그 마산에서 왔다는 단발머리 아이?

천하대장군   그래, 너도 아는구나.

도깨비   치! 내가 이 동네에서 일어나는 일 치고 모르는
게 뭐 있어?

천하대장군   너 그러면 엊저녁에 밤실댁 돼지 새끼 낳은 것
알어?

도깨비   알지. 내가 그것도 모를까 봐? 아홉 마리 낳았잖아.

천하대장군   어쭈, 제법! 그러면 민희가 왜 여기 내려와 있
게?

도깨비   그거야 뭐…….

천하대장군   모르지? 그건 모르지?

지하여장군   쉿! 그만해. 가까이 왔어.

천하대장군   (도깨비를 보고) 넌 빨리 안 보이게 변신해.

할머니가 민희 손에 고삐를 쥐어 주며 말한다.

할머니   여기가 제일 풀이 많은 곳이지. 오늘도 이곳에서
누렁이에게 풀을 먹이도록 해라.

민 희   (명랑하세) 예, 할머니.

할머니   (걱정스럽게) 혼자서 무섭지는 않겠니?

민 희   아이, 할머니도 참! 제가 뭐 어린앤 줄 아세요?

할머니   (민희의 머리를 쓰다듬으며) 기특하기도 하지.

민 희   할머니, 걱정 말고 어서 들어가세요.

할머니   오냐, 들어가마. (돌아서서 눈물을 훔치며) 에그
          불쌍한 것. 에미 애비가 얼마나 보고 싶을꼬!

   할머니 들어가고 나면, 민희가 소 고삐를 언덕배기의 나
무둥치에 매며 나지막하게 노래를 부른다.

민 희   두둥실 흰 구름 가족 나들이 가네 —
          아빠구름 엄마구름 아기구름 —
도깨비   (속삭이듯) 너무 잘 부른다, 그지?
지하여장군 (고개를 끄덕이며) 응.
민 희   (소의 등을 쓰다듬으며 다정하게) 많이 먹어. 많
          이 먹고 어서어서 자라야 돼.
누렁이   (알았다는 듯이) 음매 —

   민희가 풀밭 바위에 걸터앉아 소가 풀을 뜯는 모습을 물
끄러미 바라본다.

민 희   (혼잣말로) 저 소가 자라 큰 소가 될 때쯤 엄마
          아빠가 오신다고 했지. (멀리 하늘을 바라보며)
          엄마 아빠는 잘 계실까?

   그러다가 벌떡 일어나 장승 앞에 가 절을 하며 빈다.

민　희　(간절한 목소리로) 천하대장군님! 우리 아빠 엄마
　　　　돈 많이 벌어 빚 다 갚고 어서 같이 모여 살 수
　　　　있게 도와주십시오.

지하여장군에게도 절을 하며 간절히 빈다.

민　희　지하여장군님, 이 소가 어서 커서 큰 황소가 되어
　　　　우리 집 빚 갚는 데 한몫 단단히 하게 해주십시
　　　　오.

도깨비　(대장군에게 귓속말로) 대체 빚이 얼마나 되는데
　　　　그래?

천하대장군　그야 모르지. 지난번 아이 엠프 때 크게 망했나
　　　　봐.

도깨비　아이 엠프가 아니고 아이 엠 에프라구. 아유, 무
　　　　식하긴.

천하대장군　짜샤, 지금 그런 것 따질 때야? 아무튼 그때 사
　　　　업이 망하고 온 가족이 뿔뿔이 흩어져 버린 거야.

지하여장군　(눈짓으로) 제발 쉬잇!

민　희　(주위를 둘러보며 고개를 갸웃한다.) 무슨 소리
　　　　지? 바람 소리였나?

도깨비　(재빨리 입으로 후 — 하고 바람을 분다.) 휘이익!

민　희　난 또……, 역시 바람 소리였군.

민희가 풀을 뜯어먹고 있는 소를 바라보며 바위에 걸터 앉는다.

천하대장군 (혀를 끌끌 차며) 쯧쯧! 에구, 불쌍해라.

지하여장군 우리가 뭐 도와줄 일은 없을까?

천하대장군 (도깨비를 보고) 민희에게 보물이 묻혀 있는 곳 이나 좀 알려 줘라. 넌 훤히 알잖아?

도깨비 그건 안 돼! 도깨비규칙 제1조, 절대로 인간에게 비밀을 누설하지 않는다. 어기면 도깨비나라에서 영원히 추방이야.

천하대장군 쳇, 그럼 넌 할 수 있는 일이 아무것도 없잖아? 옛날 도깨비들은 도깨비방망이를 두드려 금덩어 리도 쏟아 내고 하던데.

도깨비 하이고 참! 지금이 어느 땐데 그런 옛날이야기를 하고 있니? (방망이를 땅에 툭툭 치며) 이건 모조 품이야, 모조. 가짜라구. 진짜는 도깨비박물관에 보관되어 있어.

지하여장군 (주먹으로 방망이를 툭 건드리며) 그럼 이건 뭐 하려고 들고 다니니? 쓸모도 없는걸.

도깨비 왜? 그래도 멋있잖아.

천하대장군 퍽도 멋있군. 그런 줄도 모르고 우린 그 방망이 가 대단한 줄 알았지.

도깨비   히힛! 그래도 이렇게 변신할 땐 쓴다 이거야. (뭐
            라 주문을 외우며 방망이를 휘두르자 도깨비 감
            쪽같이 사라진다.)
도깨비   (목소리만) 간다. 잘 있어. 무슨 일 있으면 연락
            해.
천하대장군 녀석, 뭐가 저렇게 바쁜지 한곳에 느긋하게 붙
            어 있을 줄을 몰라.
지하여장군 천성이 그런 녀석이야.

   민희가 심심한지 또 노래를 부른다.

민 희   나의 살던 고향은 꽃피는 산골 —
            복숭아꽃 살구꽃 아기진달래 —

   두 사나이 걸어오다 말고 노랫소리에 놀라며 천하대장군
뒤에 숨어서 살핀다.

도둑 1   아이 혼자잖아?
도둑 2   (좋아서) 저기 소!
도둑 1   (입이 헤벌어지며) 이게 웬 떡이야!
도둑 2   히힛! 오늘은 일이 잘 풀리는데.

민희가 계속해서 노래를 부른다.

도둑 1   (감탄하며) 햐! 노래 잘 부른다.

도둑 2   가순가 봐, 그지?

도둑 1   얌마! 아직 어린인데 가수는 무슨 가수야.

도둑 2   왜 어린이 가수도 있잖아?

도둑 1   어린이 가수는 없다니까, 글쎄.

도둑 2   있어.

도둑 1   없어.

천하대장군이 가만히 내려다보다가 도둑들의 머리에 알밤을 한 대씩 먹인다.

도둑 1, 2 (동시에) 아얏!

도둑 2   (도둑 1을 째려보며) 왜 때려, 임마?

도둑 1   어쭈! 적반하장도 분수가 있지, 방금 네가 날 때렸잖아?

도둑 2   때리긴 누가 때렸다고 그래? 네가 날 때렸잖아, 임마.

도둑 1   네가 때렸잖아, 짜샤!

도둑 2   나 참! 기가 막혀서. (입맛을 한 번 다시고는) 야, 그만하고 빨리 작전이나 짜자.

도둑 1   (머리를 매만지며 볼멘 목소리로) 어떻게 하자는 거야?

도둑 2   그러니까 말이야…… (속닥속닥 귀에다 대고 속삭인다.) 할 수 있겠지?

도둑 1   그러니까 나보고 저 아이를…….

도둑 2   그래, 그 사이에 내가 일을 처리하겠다 이거야.

도둑 1   알았어. 자, 파이팅! (둘이서 손바닥을 짝 맞춘다.)

도둑 2   (도둑 1의 손을 잡아끌며) 이리 와 봐.

　두 도둑이 민희가 앉아 있는 바위 가까이로 살금살금 내려가며 계속 소곤거린다.

천하대장군 아무래도 저 녀석들이 오늘 무슨 일을 내겠는데…….

지하여장군 소도둑이야!

천하대장군 못된 놈들!

지하여장군 어쩌면 좋지?

천하대장군 달려가서 저 두 녀석을 혼내어 쫓아 버릴까?

지하여장군 그건 안 돼. 우리가 움직이는 모습을 인간들 눈에 띄어서는 안 되잖아.

천하대장군 (주먹으로 가슴을 치며) 이거 정말 미치겠군.

지하여장군 저, 저, 저 녀석들, 저것 봐.

천하대장군 대체 뭐 하는 거야?

한 녀석이 검은 안경을 꺼내 쓴 후, 나뭇가지로 지팡이를 만들어 짚고 휘적휘적 길로 내려간다. 또 한 녀석은 나무 뒤에 숨어 있다.

지하여장군 (다급하게) 안 되겠어. 빨리 도깨비에게 신호를 보내.

천하대장군 알았어. (손가락을 입에 넣고 길게 휘파람을 분다.) 휘이이익! 휘이이익!

도둑 1 (깜짝 놀라 다시 올라오며) 이게 무슨 소리지?

도둑 2 (잠시 사방을 둘러보고는) 바람 소리잖아, 임마! 어서 내려가!

도둑 1 정말 기분 나쁜 바람 소리야. (다시 내려간다.)

지하여장군 (애가 타서) 제발 도깨비가 이 소리를 들어야 할 텐데.

천하대장군 또 한 번 해 볼게. 휘이이익! 휘이이익!

지하여장군 계속 신호를 보내.

도둑 1 (귀를 막으며) 으, 음산한 바람 소리!

도둑 2 (작은 소리로) 빨리 해!

길로 내려간 도둑이 갑자기 쓰러지며 비명을 지른다.

도둑 1 (구슬프게) 어이쿠! 좀 도와주세요. 누구 좀 도와
주세요.

도둑 2 (낮은 목소리로) 잘한다. 더 크게, 더 크게 소릴 질러.

도둑 1 (다시 큰 소리로) 도와주세요! 살려주세요!

민 희 (바위에서 벌떡 일어나며) 이게 무슨 소리지?

도둑 1 누구 안 계세요? 좀 도와주세요!

민희가 길로 뛰어 내려간다.

도둑 1 (신음소리를 내며) 아이구! 아이구, 허리야.

민 희 (달려가 도둑을 붙들어 일으키며) 어쩌다 쓰러지
셨어요? 많이 다치진 않으셨어요?

도둑 1 (힘들게 일어나며) 뉘신지 모르오나 정말 고맙소
이다.

민 희 (지팡이를 집어 주며) 앞을 못 보시나 보군요.

도둑 1 (한숨을 쉬며) 이게 내 운명이죠. 도와주셔서 정
말 고맙습니다.

도둑이 지팡이로 더듬거리며 몇 발짝 걸어가다가 돌부리
에 걸리며 다시 쓰러진다.

민 희   (달려가 부축해 일으키며) 어디까지 가시는진 모
         르겠으나 이래 가지고 어떻게 가시려고 그러세
         요?

도둑 1   안곱대가 아직 멀었나요? 그 마을에 누굴 꼭 만
         날 사람이 있어서……

민 희   바로 요 모롱이만 돌면 안곱대긴 한데……, 정말
         혼자 찾아가실 수 있겠어요?

도둑 1   좀 데려다주시면 그 은혜 잊지 않겠습니다만, 너
         무 염치없는 짓이라 부탁드릴 수도 없고……

민 희   (소가 있는 곳을 한 번 올려다보고는) 그랬으면
         좋겠습니다만, 지금 제가 소를 먹이고 있는 중이
         라……

도둑 1   어쩔 수 없지요. 혼자 갈 수밖에……. (다시 더듬
         거리며 걷기 시작한다.)

민 희   (잠시 바라보다가) 제가 모셔다드리지요. 자, 제
         팔을 잡으세요.

도둑 1   (허리를 깊숙이 굽히며) 고맙습니다. 정말 고맙습
         니다.

민 희   말씀 낮추세요, 전 어린이예요.

도둑 1   그, 그래? 정말 착한 어린이구나.

    민희가 도둑을 부축하고 모롱이로 돌아 나간다.

도둑 2　　(벌떡 일어나 손뼉을 치며) 잘했어. 정말 잘했어! 녀석, 보기보다 연기력이 제법인걸. (좋아라 날뛰며 소 있는 데로 펄쩍펄쩍 뛰어간다.)

천하대장군　(발을 동동 구르며) 저 녀석! 저 나쁜 놈!

지하여장군　대체 도깨비 이 녀석은 어디 처박혀 있는 거야?

천하대장군　보나마나 또 어디서 장난질이나 하고 있겠지 뭐.

　도둑이 소 있는 데로 가서는 매어 놓은 고삐를 풀고 소를 끌고 간다

도둑 2　　(신이 나서) 자, 착하지. 어서 가자, 누렁소야.

누렁이　　음매— (잠시 뻗대다가 끌려간다.)

지하여장군　(발을 동동 구르며) 저걸 어째,

천하대장군　(팔을 걷어붙이고 달려나가며) 안 되겠어. 도깨비 녀석 기다릴 것 없이 내가 직접 혼내 줘야겠어.

지하여장군　(황급히 대장군을 붙들고는) 아서라, 제발! 한 번 규정을 어기고 오백 년 동안 지하감옥에 갇히고 싶어?

천하대장군　(가슴을 치며) 아이고 답답해!

도둑 2　　(소를 끌고 나오며) 히히힛! 오늘은 아주 운수대통한 날이야!

그 모습을 천하대장군과 지하여장군이 눈을 부릅뜨고 노려보고 있다.

도둑 2 (나가다가 장승을 힐끔 쳐다보고는) 아이구메! 무
　　　　　서워라. 장승이 꼭 살아 있는 것 같네.

천하대장군 (눈을 더욱 크게 부릅뜨고) 으으 ―

도둑 2 (기겁을 하며) 으흑! 서, 설마 장승이 지른 소리
　　　　　는 아닐 테지? (두리번거리다가) 휴! 바람 소리였
　　　　　나 봐.

도둑이 소를 끌고 급히 나간다.

천하대장군 (가슴을 치며) 아이고! 저걸 그냥 보고 있어야
　　　　　　한다니!

지하여장군 세상이 어수선하니 대낮에 소도둑이 설치는군!

멀리서 소 울음소리 몇 번 들려온다.

천하대장군 쯧쯧! 민희가 저 소를 잃고 얼마나 상심할까!

지하여장군 이러고 있을 때가 아냐. 다시 한 번 도깨비를
　　　　　　불러 보자.

천하대장군 그래, 둘이서 함께 부르는 거야.

휘이이익! 하고 둘이서 또 한 번 도깨비를 부른다. 그러자 킬킬거리는 웃음소리와 함께 도깨비 나타난다.

도깨비　　(궁금한 듯) 무슨 일이야? 왜 불렀어?

지하여장군　(반가워서) 아! 이제야 나타났군.

천하대장군　(화난 목소리로) 너, 어디서 노닥거리느라 그렇게 불러도 안 오니?

도깨비　　여러 번 불렀다고? 방금 듣고 달려왔는데?

천하대장군　흥! 거짓말 마. 귀찮다 이거겠지.

도깨비　　아냐, 임마. 정말 못 들었어.

지하여장군　(말을 막으며) 그만해. 이럴 때가 아냐. 빨리 서둘러야 해.

도깨비　　(더욱 궁금한 듯) 대체 무슨 일인데 그래?

천하대장군　소를 끌고 갔어, 그놈들이.

도깨비　　그놈들이라니? 누구?

천하대장군　도둑놈들 말이야.

도깨비　　도둑놈들?

지하여장군　두 녀석인데 한 녀석은 민희를 꾀어내고 또 한 녀석은 소를 끌고 달아났어.

도깨비　　(깜짝 놀라며) 뭐? 그럼 너흰 그걸 그냥 보고 있었단 말이야?

천하대장군　그럼 어째?

지하여장군 그래서 계속 널 불렀잖아.

도깨비 (외눈을 번쩍이며) 그래, 어느 쪽으로 갔어? 그 녀석이?

천하대장군 저쪽이야. 아직 멀리 가진 못했을 거야.

도깨비 (황급히 달려나가며) 알았어. 내 이 녀석을 그냥 이 몽둥이로 두들겨 패서는 납작하게 오징어로…….

도깨비가 방망이를 휘두르며 달려나간다.

천하대장군 (여장군을 보고) 붙잡을 수 있겠지? 그 녀석을?

지하여장군 그럼! 제가 뛰어야 벼룩이지!

잠시 후, 멀리서 자지러질 듯한 비명소리 들려온다.

천하대장군 (히죽 웃으며) 정말 오징어로 만드나 봐.

지하여장군 히히힛! 저런 녀석은 혼이 나야 돼.

천하대장군 민희가 오기 전에 소를 끌고 와서 매어 놔야 할
텐데…….

드디어 도깨비가 의기양양하게 소를 끌고 들어온다.

천하대장군 (두 팔을 번쩍 들며) 만세!

도깨비 킬킬킬! 저 녀석, 이제 두 번 다시 나쁜 짓 못할
거야.

지하여장군 잘했어. 역시 넌 우리 친구야.

천하대장군 네가 오면 모든 게 해결될 줄 알았어.

도깨비 (우쭐해서) 이제야 이 도깨비님 실력을 알아주는
군.

지하여장군 그럼! 알아주고말고. 어서 소를 제자리에 매어
놔.

도깨비 알았어.

도깨비가 소 고삐를 나무둥치에 막 매고 나면 민희가 급히 들어오고, 도깨비는 황급히 변신한다.

민 희　(소를 보고 안심하며) 누렁아, 풀 잘 뜯어 먹고 있었구나! 나는 네가 걱정되어 마음이 바빴지.

누렁이　(반가운 듯) 음매 ―!

민 희　글쎄 그 장님 아저씨가 말이야, 우리 마을을 찾아가지 뭐니? 그래서 내가 마을 입구까지 모셔다드렸어.

도깨비　착하기도 해라.

천하대장군　고 녀석도 혼내 줘야 하는 건데…….

민 희　(소의 등을 쓰다듬으며) 배불리 뜯어 먹었니? 이제 돌아갈까?

그때, 할머니가 민희를 부르며 바쁜 걸음으로 나온다.

할머니　(큰 소리로) 민희야! 민희야!

민 희　(반갑게) 예, 할머니. 저 여기 있어요.

할머니　(기쁜 목소리로) 오! 그래, 민희야. 니 에미 애비가 지금 내려온다고 전화 왔다.

민 희　(놀라며) 네? 엄마 아빠가요?

할머니　그래! 모든 일이 이제 잘 해결되었다는구나!

민　희　(너무 좋아서) 야호! 어쩐지 오늘 기분이 좋더라니!

할머니　(민희의 등을 쓰다듬으며) 귀여운 내 새끼……!

민　희　(좋아라 날뛰다가 장승을 바라보고) 할머니, 제가
　　　　날마다 장승님께 빌었더니 대장군님과 여장군님
　　　　이 제 소원을 들어주셨나 봐요.

할머니　(웃으며) 그럼! 그럼! 장승님은 꼭 소원을 들어주
　　　　시지.

도깨비　(대장군의 귀에 대고) 치! 정말 너희들이 소원을
　　　　들어준 거야?

천하대장군　할머니 말씀 듣지 못했어? 너 우릴 아주 물로
　　　　보는구나.

지하여장군　(으쓱하며) 사람들은 다 우릴 그렇게 믿고 있다구.

도깨비　킬킬킬! 아유, 참 별일이야!

민　희　(두 손을 모으고) 천하대장군님! 저의 소원을 들
　　　　어주셔서 고맙습니다. 정말 고맙습니다.

할머니　(정성껏 절을 하며) 지하여장군님! 부디 우리 손
　　　　녀딸 민희가 행복하게 살아갈 수 있도록 도와주
　　　　십시오. 간절히 비옵니다.

누렁이　(입을 쩍 벌리고 한가롭게) 음매 ―

　민희와 할머니가 몇 번이나 절을 하며 소원을 비는 가운
데 서서히 막이 닫힌다.

밤날 고구마날

▶ 때 : 요즘

▶ 곳 : 학교와 학교 주변

▶ 나오는 사람들 : 민기, 지혜, 할아버지, 할머니

1

막이 열리면 지혜가 타박타박 걸어나오고 그 뒤를 민기가 지혜를 부르며 뒤따라나온다.

민 기   (애가 타서) 지혜야! 그러지 말고 내 성의를 받아줘, 응?

지 혜   (홱 돌아서며) 싫다는데 왜 자꾸 귀찮게 이러니?

민 기   (야속한 듯) 어쩌면 넌 내 마음을 그렇게도 모르니?

지 혜   흥! 내가 유치한 네 마음을 어떻게 알아?

지혜가 돌아서 걸어가면 잠시 멍하니 서 있던 민기가 지혜를 부르며 뒤따라간다. 그때 민기 할머니가 구시렁거리며 종종걸음으로 들어온다.

할머니   (혼잣말로) 원, 별 깽깽이 같은 영감탱이 같으니라구! 내가 뭐 그까짓 초콜릿 하나에 넘어갈 줄 알구! 흥! 어림도 없지.

지 혜   (할머니를 발견하고 꾸벅 절을 하며) 민기 할머니, 안녕하세요?

할머니   (반갑게) 오! 그래, 지혜구나. (뒤따라오는 민기를 보고) 아니, 민기야. 넌 어째 그리 우거지상을 하고 있니? 너희들 싸웠구나!

민 기 (황급히) 아, 아, 아니에요, 할머니.

할머니 (민기 손에 든 것을 발견하고) 그게 뭐니? 오호, 너 지혜에게 초콜릿 선물하려고 그러는구나.

민 기 (머리를 긁적이며) 헤헤헤! 잘 아시면서…….

할머니 녀석! 그런데 잘 안된 게로군. 쯧쯧, 못난 녀석! 어째 그 모양이냐?

민 기 그게 아니래두요, 할머니. 지혜 쟤가…….

지 혜 (중도에 말을 끊으며) 할머니, 그게 아니에요. 제가 싫다는데 민기가 자꾸 귀찮게 따라다니며 초콜릿을 내밀잖아요.

민 기 내가 언제 귀찮게 따라다녔니? 그냥 나는 네게 내 마음을…….

할머니 (손을 휘휘 내저으며) 아서라. 너희들 사랑싸움에 더 이상 끼어들고 싶지 않다. 나는 갈 테니, 혹시 지혜 할아버지 만나거든 내가 어디로 갔다는 말 절대로 하지 말아라. 알겠니?

지 혜 (궁금한 듯) 우리 할아버지가 왜요? 왜 말하면 안 돼요?

민 기 히히히! 보나마나 뻔하지 뭐. 너네 할아버지가 우리 할머닐 추근대며 따라다니시잖니.

지 혜 (놀라며) 어머머! 그럴 리가!

할머니   (휘적휘적 걸어나가며) 난 간다. 민기 너도 빨리
         집에 들어가서 공부해라.

민 기   예, 할머니.

  할머니가 막 나가자마자 한 손에 꽃을 들고 또 한 손에
초콜릿 봉지를 든 지혜 할아버지가 허겁지겁 등장한다.

지 혜   (할아버지를 발견하고) 할아버지, 웬 꽃이에요?
         그 초콜릿 봉지는 또 뭐 하시게요?

할아버지 (당황하며) 으응. 아, 아, 아냐! 어, 어디 쓸데가
         있어서…….

민 기   (끼어들며) 우리 할머니 드리려고 그러시죠? 우
         리 할머니 지금 막 저쪽으로 가셨어요. 빨리 가
         보세요.

할아버지 으응, 그래? (황급히 달려나가다가 민기를 돌아
         보며) 그런데 너 이 녀석, 우리 지혜에게 귀찮게
         굴면 못쓴다.

민 기   (꾸벅 절을 하며) 알겠습니다. 우리 할머니랑 잘
         한번 해 보세요.

할아버지 고 녀석! 맹랑한 녀석이군! (횡하니 나간다.)

둘이서만 남게 되자, 민기가 지혜에게 용기를 내어 말을 건넨다.

민　기　(초콜릿 봉지를 내어 밀며) 오늘이 발렌타인데이 잖니. 그래서 내 마음을 네게 꼭 전하고 싶었어.

지　혜　(한심하다는 듯) 바보야, 발렌타인데이는 여자가 남자에게 사랑을 고백하는 날이란 말이야. 그것 도 모르니?

민　기　알아. 그런데 그게 무슨 상관이야? 아무나 마음 을 전하면 되지 뭐.

지　혜　(봉지를 밀치며) 어쨌든 난 싫어! 그깟 서양에서 건너온 초콜릿 선물하는 날이 다 무어야. 밤이나 고구마면 또 몰라.

민　기　(뜻밖이라는 듯) 뭐? 밤이나 고구마?

지　혜　그래, 이 바보야! (휙 돌아서 나간다.)

민　기　(뒤에다 대고) 애, 지혜야! 지혜야!

  민기가 초콜릿 봉지를 만지작거리며 서 있는데 지혜 할 아버지가 숨을 헐떡거리며 등장한다.

할아버지　(화가 나서) 망할 놈의 할망구 같으니라구!

민　기　(안됐다는 듯이) 할아버지도 실패하셨군요.

할아버지 (민기를 힐끗 쳐다보고는) 네 녀석도 잘 안된 모
　　　　양이구나.

민　기 도대체 여자들의 마음은 알다가도 모르겠어요.

할아버지 내가 하고 싶은 말이 바로 그 말 아니냐. 잘 나간
　　　　다 싶다가는 또 어긋나기 일쑤니…….

민　기 (혼잣말처럼) 우리 할머니는 초콜릿보다 군고구
　　　　마를 더 좋아하시는데…….

할아버지 (반색을 하며) 뭐? 군고구마? 옳거니!

할아버지가 초콜릿 봉지를 내던지고 급히 달려나간다.

민　기 할아버지, 갑자기 왜 그러세요? (초콜릿 봉지를
　　　　주워 들며) 이게 웬 떡이야!

할아버지 (달려나가다가 돌아보며) 녀석아! 잘 들어. 우리 지
　　　　혜도 말이야, 초콜릿보다는 군밤을 더 좋아한다구.

민　기 (의외라는 듯) 그래요? 진작 좀 말씀해 주시지.

할아버지와 민기가 각사 다른 문으로 허겁지겁 달려나가
면 무대 어두워진다.

2

무대 밝아지면 할머니와 지혜가 이야기를 나누고 있다.

지 혜   민기 할머니, 정말 우리 할아버지가 싫으세요?

할머니   (지혜의 얼굴을 빤히 쳐다보며) 넌 우리 민기가
          싫으냐?

지 혜   싫은 건 아니구요, 그냥…….

할머니   잘생기고 싹싹하고 또 친절한 우리 민기가 왜 싫
          을까?

지 혜   싫지는 않은데요, 발렌타인데이니 뭐니 해 가며
          초콜릿을 들고 설치는 게 전 못마땅해요.

할머니   너도 그러냐? 실은 나도 그렇단다.

지 혜   발렌타인데이니 화이트데이, 심지어는 빼빼로데
          이나 링데이도 있다니까요.

할머니   그게 다 서양문화를 흉내낸 장삿속이란다.

지 혜   맞아요. 그런 날마다 장사꾼들이 설쳐대고, 덩달아
          아이들도 생각 없이 날뛰는 게 정말 보기 싫어요.

할머니   (지혜의 머리를 쓰다듬으며) 넌 참 총명한 아이로
          구나!

지 혜   (할머니의 손을 잡으며) 할머니, 옛날 젊은이들은
          어떻게 사랑 고백을 했어요?

할머니　글쎄다, 사랑 고백이라……. 좋아하는 사람의 손에 은근히 밤을 한 움큼 쥐어 주기도 하고 삶은 고구마를 한 개 건네주며 마음을 전했지.

지　혜　(호들갑스럽게) 어머! 너무 멋져! 그러면 서로 좋아하는 사이가 되는군요.

할머니　밤을 떤 날에는 온 마을에 밤을 나누어주고, 고구마를 캔 날에는 또 고구마를 집집마다 나누어주곤 하던 때였으니까.

지　혜　그러면 그날이 바로 밤날 고구마날이군요?

할머니　호호호, 밤날 고구마날이라! 그것 참 그럴듯하군.

지　혜　얼마나 좋아요? 발렌타인데이 대신에 밤날, 화이트데이 대신에 고구마날, 또 감자날, 대추날…….

할머니　달걀날, 땅콩날, 감날…….

지혜, 할머니　호호호! 호호호!

지혜와 할머니가 한참 웃으며 이야기를 나누고 있는데, 할아버지와 민기가 바구니 하나씩을 들고 등장한다.

할아버지　(큰 소리로) 자, 구수한 군고구마가 왔습니다.

민　기　(따라서) 따끈따끈한 군밤이 왔습니다.

할아버지　(군고구마 바구니를 할머니에게 내밀며) 민기 할멈! 이것 받고 나랑 친구 해 줘요.

민 기   (지혜에게 군밤 바구니를 내밀며) 지혜야, 내 마음 알지? 너랑 잘 지내고 싶어.

할머니   (입을 삐죽이며) 이제야 철들이 좀 들었군.

지 혜   진작 그럴 것이지.

할머니   (지혜를 보고) 어떻게 할까? 못 이기는 체 받아 줄까?

지 혜   그래요, 할머니. 우리 할아버지 정말 멋쟁이세요.

할머니   (바구니를 받으며) 내, 지혜를 보고 받는 거유. 똑똑한 손녀딸 덕분인 줄 아슈.

할아버지   (지혜의 등을 토닥이며) 지혜 네가 이 할애비 마음을 제일 잘 아는구나!

민 기   (또 한 번 바구니를 내밀며) 지혜야, 내 마음은 어쩔 거니?

지 혜   (바구니를 받으며) 좋아! 그 대신 앞으로 발렌타인데이니 뭐니 해 가며 초콜릿이니 사탕이니 들고 유치하게 날뛰면 그땐 절교야. 알았지?

민 기   (입이 헤벌쭉 벌어지며) 아, 알았어!

할머니   영감님도 조심하쇼! 주책없이 철없는 아이들마냥 설치면 당장 끝낼 거예요.

할아버지   염려 마시구려. 할멈이 무얼 좋아하는지, 어떤 생각을 하고 있는지 이제 다 알았으니까.

지 혜	자, 모두 따라 해 보세요. 밤날 고구마날!
모 두	밤날 고구마날!
모 두	하하하! 호호호! 히히히!

모두 유쾌히 웃는다. 둘러서서 서로 맛있게 군밤과 군고구마를 나누어 먹는 가운데 서서히 막이 닫힌다.

애벌레의 꿈

▶ 때 : 여름

▶ 곳 : 숲속

▶ 나오는 사람들 : 호랑나비 애벌레, 무당벌레, 풍뎅이, 베짱이,

    굼벵이, 길앞잡이, 비단벌레, 애홍날개, 호랑나비

1

막이 열리면 호랑나비 애벌레가 나뭇가지에 앉아 꾸벅꾸
벅 졸고 있다. 이때 무당벌레와 풍뎅이가 재잘거리며 등장
한다.

무당벌레 (손으로 날개의 먼지를 털어내며) 아유, 속상해.
또 이렇게 먼지가 묻었네.

풍뎅이 (손수건을 꺼내어 먼지를 닦으며) 먼지도 우리 날
개옷이 샘이 나나 봐, 그지?

무당벌레 응, 말이야 바른말이지 우리처럼 이렇게 아름다
운 옷을 입은 곤충이 세상에 또 어디 있겠어?

풍뎅이 그저 예쁜 것이 죄지 뭐.

무당벌레 (두리번거리며) 어디 앉을 곳이 없을까? (그러다
가 애벌레를 발견하고) 아 — 니, 저 녀석이 저런
좋은 자리를 차지하고 앉았잖아? 못난이 주제
에…….

풍뎅이 어라? 이 언니들이 앉으실 자리를 저런 못난이가
앉다니, 버릇이 없군.

무당벌레 쫓아내어 버릴까?

풍뎅이 그래, 쫓아내고 우리가 앉자.

무당벌레와 풍뎅이가 애벌레에게 가까이 간다.

무당벌레 (나뭇가지를 발로 차며) 야! 일어나. 누가 여기
　　　　　앉으랬어?

애벌레 (깜짝 놀라 깨어나며) 왜, 왜 그래?

무당벌레 몰라서 물어? 여긴 우리가 앉으려고 아까부터 점
　　　　　찍어 둔 나뭇가지란 말이야.

풍뎅이 (애벌레를 끌어내리며) 어서 내려와. 어서!

애벌레 (억울하다는 듯이) 그, 그런 게 어딨어?

무당벌레 그런 게 어디 있긴 어디 있어, 여기 있지. 흥!

　무당벌레와 풍뎅이가 애벌레를 억지로 끌어내리고 냉큼
나뭇가지에 걸터앉자, 억울한 듯 머뭇거리던 애벌레는 할
수 없다는 듯이 꾸물꾸물 기어 나간다.

풍뎅이 (나가는 애벌레를 바라보며) 힛히히히히히! 저 녀석
　　　　　기어다니는 걸 보면 저절로 웃음이 터져 나온다니까!

무당벌레 히히히! 누가 아니래.

풍뎅이 아유, 못난이. 저런 꼴을 해 가지고 왜 돌아다닐까?

무당벌레 우리처럼 예쁘면 또 모를까!

풍뎅이 자, 자, 어서 예쁜 날개옷이나 손질하자.

무당벌레 그래!

그때 무대 한편에서 베짱이가 기타를 들고 달려나와 흥겹게 노래 부르기 시작한다.

베짱이   (기타를 치며) 봐요 봐요 봐요 봐요 아름다운 내 노랫소리를 들어 봐요. 봐요 봐요 봐요 봐요 미친 듯이 몸을 흔들어 봐요. 봐요 봐요 봐요 봐요 근심 걱정 다 버리고 신나게 노래를 불러 봐요.

풍뎅이   (손뼉을 치며) 어머! 너무 멋지다, 얘!

베짱이   (힐끗 바라보고는) 야, 너희들 거기 쭈그리고 앉아서 뭐 하는 거니? 이렇게 좋은 날 신나게 놀지 않고.

무당벌레   (뽐내며) 으응, 예쁜 날개옷 손질 좀 한다고 말이야.

베짱이   (우습다는 듯이) 우하하하! 뭐? 예쁜 옷이라구? 그것도 옷이라고 그러니?

무당벌레   (발끈 화를 내며) 너 지금 뭐라고 그랬니?

베짱이   (능청스럽게) 그것도 옷이냐고 물었다, 왜?

무당벌레   (화가 나서 달려들며) 이게 정말! 말 다했어?

베짱이   (달아나며) 히히! 말 다했다. 어쩔래?

풍뎅이   (둘 사이를 막으며) 그만들 해. 왜들 이러니? 너희들은 만나기만 하면 싸우더라.

베짱이   (혀를 날름 내밀며) 메 ― 롱!

무당벌레   (주먹을 휘두르며) 이걸 그냥!

풍뎅이　　그만해, 좀!

　그때 신비스러운 음악 소리와 함께 멋진 의상의 호랑나비가 무대 한편에서 훨훨 날아와 춤을 추며 빙빙 돌자, 그 모습을 모두 황홀하게 바라본다. 이윽고 호랑나비가 날아가고…….

베짱이　　우와! 멋있어.

무당벌레　어쩜 저렇게 날개옷이 아름다울까?

베짱이　　마치 내가 꿈을 꾸고 있는 것 같애.

풍뎅이　　나도 저렇게 멋진 춤을 한번 춰 봤으면…….

무당벌레　내 꿈도 저렇게 하늘을 훨훨 날아 보는 것이었는데…….

베짱이　　꿈 깨셔. 분수를 알아야지.

무당벌레　(발끈 화를 내며) 뭐? 너 정말 자꾸 까불래?

베짱이　　(재미있다는 듯이) 힛히히히!

풍뎅이　　자, 자, 쓸데없이 티격태격하지 말고 우리 신나게 놀기나 하자.

베짱이　　그래! 신나게 놀아 보자, 우리.

무당벌레　좋아.

베짱이의 기타 반주에 맞추어 셋은 신나게 몸을 흔들며 노래를 부른다. 그때 애벌레가 꾸물꾸물 기어나와 그들 사이에 끼어든다.

풍뎅이　　뭐야, 너? 저리 비켜!

애벌레　　(몸을 비틀어 올려다보며) 나도 좀 끼워 줘!

풍뎅이　　(어처구니없다는 듯이) 뭐?

모두 힐끗 바라보고는 무시한 채 계속 노래 부른다.

애벌레　　(악을 쓰듯이) 나도 좀 끼워 줘!

무당벌레　(노래를 그치고는) 야! 너 왜 이래?

애벌레　　(애원하듯) 나도 좀 끼워 줘, 응?

무당벌레　뭐? 네가 우리와 친구 하겠다고?

베짱이　　(웃기다는 듯이) 우헤헤헤헤헤! 제발 좀 웃기지 마라. 네가 어떻게 우리와 친구가 되겠다는 거니?

풍뎅이　　네가 잘하는 게 뭐 있니? 노래 부를 수 있어? 춤출 줄 알아?

애벌레　　(기어들어 가는 목소리로) 나도 할 수 있어.

어처구니없다는 듯이 셋이 서로 바라보더니 깔깔거리며 웃어대기 시작한다.

무당벌레 이히히히히! 야, 그럼 어디 노래 한번 불러 봐.

풍뎅이 춤 한번 춰 봐.

베짱이 (빈정거리듯) 잘하면 우리랑 친구 해 주지.

애벌레가 꾸물꾸물 가까스로 몸을 일으키더니 괴상하게 몸을 비틀며 노래를 부르기 시작한다. 그러나 몸놀림도 노랫소리도 기이하기 짝이 없다. 그러자 셋이 배를 잡고 웃는다.

베짱이 우하하하하하! 그런 실력으로 우리와 친구 하겠다고?

풍뎅이 으힛히! 제발 웃기지 마라.

무당벌레 도대체 제 분수를 몰라, 흥!

베짱이 야! 기분 잡쳤다. 딴 데 가서 놀자.

풍뎅이 그래.

셋이 히히거리며 나가자, 애벌레 혼자 우두커니 웅크리고 서 있다. 바깥이 떠들썩해지더니 한 떼의 곤충들이 무대로 뛰어 들어온다.

길앞잡이 (웅크리고 서 있는 애벌레를 발견하고) 어? 저게 누구야? 못난이 아냐?

비단벌레 저 녀석 저기서 뭘 하고 있지?

애홍날개 심심한데 우리 저 녀석 좀 놀려 주자.

비단벌레 (신이 나서) 좋았어! 저 멍청이가 오늘 우리 밥이다.

셋이서 애벌레 가까이 다가가 애벌레를 발로 툭툭 찬다.

길앞잡이 야! 멍청이, 여기서 뭘 하니?

비단벌레 오줌이라도 쌌니? 왜 그리 웅크리고 있니?

애홍날개 멍청이! 멍청이!

길앞잡이 못난이! 못난이!

애벌레 (악을 쓰며) 왜들 이러는 거야? 내가 너희들에게
어쨌다고 이러니?

애홍날개 어쭈! 이 멍청이가 제법 큰 소릴 치네?

애벌레 (애원하듯) 제발 날 이대로 내버려 둬. 부탁이야.

비단벌레 그건 안 돼지. 넌 오늘 우리에게 찍혔거든.

길앞잡이 맞아. 우린 지금 너랑 놀고 싶어.

애홍날개 어이, 못난이, 춤 한번 춰 봐라.

비단벌레 이히히히! 노래 한 곡 불러 보시지.

길앞잡이 힛히히히히히……

곤충들이 애벌레 주위를 겅중겅중 뛰어다니며 '멍청이
멍청이', '못난이 못난이' 하고 외치면서 놀려대기 시작한

다. 애벌레가 두 손을 휘두르며 덤벼 보지만 어림도 없자, 드디어 그 자리에 엎어져 울음을 터뜨리고 만다. 이때 갑자기 지팡이를 짚은 굼벵이가 뒤뚱뒤뚱 달려들어 오며 놀려대는 아이들을 쫓아낸다.

굼벵이 (지팡이를 휘두르며) 야, 이 녀석들아! 이게 무슨 짓이냐? 그만두지 못하겠니?

비단벌레 (쫓겨 달아나며) 할머니가 웬 참견이세요?

길앞잡이 에이, 재수 없어!

애홍날개 가자!

곤충들이 횅하니 나가고, 애벌레는 엎어져 더욱 서럽게 운다.

굼벵이 (애벌레의 어깨를 다독거리며) 애벌레야, 이제 그만 그치려무나. 녀석들은 다 쫓겨 달아났다.

애벌레 <u>으흐흐흐흐!</u>

굼벵이 울지 마라, 얘야. 무슨 일인지 모르겠다만, 운다고 문제가 해결되지는 않는단다.

애벌레 (눈물범벅이 된 얼굴로 굼벵이를 바라보며) 굼벵이할머니, 전 왜 이렇게 못난이로 태어났을까요?

굼벵이 못난이라니? 네가 어때서?

애벌레 아니에요. 전 제가 얼마나 못났는지 잘 알아요. 제 꼴을 보세요. 남들처럼 멋진 날개는 고사하고 변변한 디리조차 없어서 언제나 배를 땅에 대고 이렇게 기어다니잖아요.

굼벵이 그거야······.

애벌레 할 줄 아는 거라곤 아무것도 없어요. 노래도, 춤도, 달리기나 숨바꼭질 같은 놀이도 뭐 하나 제대로 할 수 있는 게 없어요.

굼벵이 ······.

애벌레 아무도 저랑 같이 놀려고 하지 않아요. 저는 못난이, 멍청이임이 틀림없다구요. 흑흑!

굼벵이 (애벌레의 눈물을 닦아 주며) 널 보고 있으려니까 나 어릴 때 생각이 나는구나.

애벌레 (울먹이며) 무슨 말씀이세요?

굼벵이 나도 너처럼 못난 내 모습에 절망하며 울기만 했던 적이 있었단다. 그러다가 문득 깨달았지. 진정한 아름다움은 외모보다는 내면의 아름다움에 있다는 걸 말이야.

애벌레 내면의 아름다움요? 그게 어떤 건데요?

굼벵이 내 잠재능력이 무엇인지 잘 알아서 그 능력을 키워 나가는 것이지.

애벌레 그런다고 뭐가 달라지나요?

굼벵이　달라지다마다. 꿈을 이루게 되지.

애벌레　꿈이라구요?

굼벵이　그래, 꿈이지. 참으로 못난 자는 꿈도 없이 절망에 빠져 울기만 하는 자란다.

애벌레　……?

굼벵이　내 꿈이 뭔지 아니? 저 하늘을 마음껏 날아다니는 것, 그게 바로 내 꿈이다!

애벌레　(놀라며) 굼벵이 할머니가요?

굼벵이　그럼. 나는 그 꿈을 이루기 위해 캄캄한 땅속에서 칠 년 동안이나 굼벵이로 살아왔지.

애벌레　(더욱 놀라며) 칠 년 동안이나요!

굼벵이　캄캄한 땅속에서 살아오느라 이렇게 눈도 멀고 말았지만 한시도 꿈을 포기한 적이 없었다. 이제 나는 곧 매미가 되어 저 푸른 하늘을 마음껏 날아다닐 수 있단다.

애벌레　굼벵이 할머니가 하늘을 날게 되다니…… 도저히 믿어지지 않아요.

굼벵이　우리 곤충들은 누구나 날개를 달고 하늘을 날 수 있는 능력을 몸속에 간직하고 있단다. 단지 그것이 너무도 힘들고 고통스러워서 포기하는 자가 많지만…….

애벌레　누구에게나 그런 능력이 있다구요? 그럼 제게도 그런 능력이 있을까요?

굼벵이 있고말고. 진정으로 네가 원한다면 하늘을 훨훨 나는 나비가 될 수 있지.

애벌레 나, 나, 나비라구요? 제가요?

굼벵이 그래. 너는 분명 호랑나비의 애벌레임이 틀림없다.

애벌레 (흥분해서) 오! 제가 호랑나비가 될 수 있다니……

굼벵이 그러나 그게 그리 쉬운 일이 아니지. 참기 힘든 고통이 따른단다.

애벌레 (들뜬 목소리로) 제가 하늘을 훨훨 나는 나비가 될 수만 있다면 어떤 어려움도 견뎌 내겠어요.

굼벵이 (꾸물꾸물 걸어나가며) 꿈이 없는 자는 살아갈 이유도 없지.

굼벵이가 지팡이를 짚고 퇴장하자, 애벌레는 혼자 남아서 움켜쥔 주먹을 부르르 떨며 흥분을 감추지 못한다. 희망찬 음악 소리 잔잔히 울려 퍼지는 가운데 조명이 애벌레만을 비추다가 서서히 어두워진다.

2

무대 밝아지면 한 떼의 곤충들이 떠들썩하게 등장한다.

길앞잡이 (다른 곤충들을 돌아보며) 소문 들었어? 글쎄 그 못난이가 나비가 되겠다고 나뭇가지에 매달려 있대.

무당벌레 (놀라며) 뭐? 못난이라면…… 애벌레 말이니?

길앞잡이 그래. 그 멍청이가 나비가 되겠다며 벌써 며칠째 아무것도 먹지 않고 매달려 있대.

풍뎅이 (손가락으로 제 머리에 빙글 동그라미를 그리며) 그 녀석 미친 것 아냐?

베짱이 우핫하하하하! 드디어 그 멍청이 녀석이 미치고 말았군.

비단벌레 어쩐지 하는 짓이 영 멍청하더라니까.

애홍날개 (맞장구를 치며) 그러니까 멍청이잖아!

길앞잡이 히히! 못난이, 멍청이. 우리가 별명을 잘 지었지?

베짱이 흥! 나비가 아무나 되나 뭐.

무당벌레 못난이가 나비가 되면, 나는 새가 되겠다.

풍뎅이 녀석! 그러다가 굶어 죽고 말지.

비단벌레 곧 '아이구, 못참겠다' 하고 그만두고 말걸.

길앞잡이 우리 이럴 게 아니라 멍청이에게 한번 가 보자.

애홍날개 그래, 가 보자.

베짱이 가서 또 실컷 놀려 주자.

벌레들 (신이 나서) 히히! 좋았어!

벌레들 우르르 몰려나가면 어두워진다.

3

무대 밝아지면 애벌레가 온몸을 실로 칭칭 감은 채 힘들게 나뭇가지에 매달려 있다. 이때 곤충들이 떼를 지어 떠들썩하게 몰려들어온다.

길앞잡이   (손가락으로 가리키며) 저기다! 못난이가 저기에 매달려 있어.

애홍날개   저런! 정말 황당하군!

무당벌레   (놀라며) 정말 저 녀석이 못난이란 말이야?

길앞잡이   그래, 틀림없어.

베짱이   (애벌레를 툭 치며) 야, 멍청이! 이렇게 매달려 있다고 무슨 수가 터지냐?

비단벌레   쓸데없는 짓 하지 말고 그만 내려와라.

풍뎅이   우하하하하하! 네가 나비가 되겠다구?

무당벌레   이힛히히히히! 제발 웃기지 마라, 멍청아.

애홍날개   나비란 아무나 되는 게 아냐.

길앞잡이   너 이러다가 굶어 죽고 만다구.

비단벌레   야, 멍청이. 우리 말 안 들려?

애홍날개   (다소 걱정스러운 듯 애벌레를 툭툭 치며) 애벌레야? 애벌레야?

풍뎅이　(모두를 돌아보며) 죽은 게 아닐까?

애홍날개　설마……?

풍뎅이　아냐, 뭔가 좀 다르다구. 꼼짝도 하지 않는걸.

비단벌레　그럼 혹시 이 못난이가 정말 나비가 되고 있는 게
아닐까?

베짱이　정말 나비가………?

무당벌레　(화들짝 놀라며) 못난이가 정말 나비가 된다구?

풍뎅이　에이, 설마! 생각해 봐. 어떻게 이 멍청이가 아름
다운 나비가 될 수 있겠니? 차라리 지렁이가 나
비로 변한다면 몰라도…….

벌레들　(모두 킥킥 웃으며) 하긴 그래!

베짱이　자, 녀석은 죽든 말든 내버려 두고 우린 그만 가
자구.

벌레들　그래!

벌레들 우르르 몰려나가고, 애벌레 혼자 나뭇가지에 매
달려 있다. 조금 시간이 흐른 후…….

애벌레　(신음 소리를 내며) 으, 힘들어! 벌써 이렇게 매달
려 있은 지가 일주일이나 지났군. 온몸이 쑤시고
배가 고파 이젠 더 이상 매달려 있을 수가 없어. 역

시 녀석들 말대로 내 주제에 나비가 되겠다는 건 무리인가 봐. 아! 어쩌면 좋지? 이젠 더 이상 버틸 수가 없어. 너무도 고통스러워서 모든 걸 포기하고 싶어!

그때 아름다운 호랑나비 한 마리가 너울너울 춤을 추며 나타나 애벌레의 둘레를 돌며 소리를 전한다.

호랑나비 (울리는 소리로) 애벌레야, 조금만 더 참으려무나. 넌 꼭 나비가 될 게다.

애벌레 (놀라며) 아! 호랑나비님! 정말 제가 나비가 될 수 있을까요?

호랑나비 물론이지. 이 세상 어느 나비보다 더 아름다운 호랑나비가 될 게다.

애벌레 (기쁨에 들떠서) 오! 호랑나비님! 이게 꿈은 아니겠지요?

호랑나비 고통과 어려움을 참고 견뎌 낸 대가로 네 꿈을 이루게 된 게지.

호랑나비는 훨훨 날아 퇴장한다. 번데기로 변한 애벌레는 기쁨에 들떠 몇 번 몸을 흔들다가 잠잠해지며 깊은 잠에 빠져든다. 휘익 — 한 줄기 바람이 지나간 후, 어느 순간!

번데기　(고통을 못 이긴 듯) 으아악!

　신비스러운 음악 소리 점차 커지며 온 무대에 울려 퍼지더니, 번데기의 등줄기가 양쪽으로 쫙 갈라지며 그 속에서 눈부시게 아름다운 호랑나비 한 마리가 기어나와 천천히 날개를 펄럭이며 무대를 돌기 시작한다. 이때 곤충들, 무대 한쪽에서 우르르 몰려나오다가 호랑나비를 발견하고 멈칫 선다.

비단벌레　(놀라며) 호랑나비야!

애홍날개　처음 보는 나빈걸.

풍뎅이　너무도 아름다워!

베짱이　(애벌레가 매달려 있던 나뭇가지를 가리키며 놀란 듯이) 저것 봐! 못난이가 사라졌어!

비단벌레　정말! 못난이가 사라졌어!

길앞잡이　그, 그, 그러면 저 호랑나비가 바, 바, 바로 못난이……?

무당벌레　(소스라치게 놀라며) 뭐?

　곤충들, 모두 넋이 나간 듯 춤을 추는 호랑나비를 멍하니 바라보고 서 있다. 호랑나비가 훨훨 춤을 추며 곤충들 주위를 한 바퀴 돌더니 곤충들을 향해 손을 내밀자, 곤충들, 그 손에 이끌려 무대를 따라 돌며 춤을 추기 시작한다. 희망찬 음악 소리 점차 고조되면, 호랑나비와 곤충들의 춤도 더욱 흥겨워진다.

서서히 막이 닫힌다.

놀개울에 부는 바람

▶ 때 : 여름

▶ 곳 : 놀개울

▶ 나오는 사람들 : 재갈이, 재록이, 엄마가재, 다람쥐, 청설모,
   퉁사리, 물매암이, 소금쟁이, 다슬기, 아이 1, 아이 2

▶ 무대 : 숲이 우거진 개울이다. 맑은 개울물이 무대를 가로질러
   흐르고 있고, 주변의 나무 사이로 파란 하늘과 흰 구름이 보인다.
   무대 한편에 바위도 하나 있다.

1

막이 열리면 매미 소리 신나게 들려오고, 사이사이로 산
새들이 지서귀는 소리도 들린다. 재갈이와 재록이가 술래
잡기를 하며 놀고 있다.

엄마가재 (막 뒤에서 소리만) 재갈아 ─, 재록아 ─
재록이 (좋아서) 엄마다!
재갈이 (같이 좋아하며) 엄마가 벌써 돌아오셨네.
재록이 (장난스럽게) 형, 우리 엄마를 깜짝 놀라게 해 줄까?
재갈이 그래, 저 돌멩이 뒤에 어서 숨자.

엄마가재가 새끼들을 부르며 나온다.

엄마가재 (두리번거리며) 재갈아! 재록아! 얘들이 어딜 갔지?

재갈이와 재록이가 엄마 등 뒤로 살금살금 기어가서는
갑자기 엄마를 놀래킨다.

재갈이, 재록이 (엄마를 왈칵 잡으며) 왁!
엄마가재 (일부러 화들짝 놀라며) 아이구, 깜짝이야!
재갈이 해해해해! 놀랐죠? 엄마.

엄마가재　깜짝 놀랐다.

재록이　어떻게 그리 빨리 오셨어요?

엄마가재　너희들이 보고 싶어서 빨리 왔지.

엄마가재가 새끼들을 끌어안으며 등을 토닥인다.

엄마가재　(다정하게) 그래, 뭘 하고 놀았니?

재록이　형이랑 술래잡기하고 놀았어요.

재갈이　재록이랑 술래잡기하고 놀면 너무 재미있어요.

엄마가재　그래, 너희들이 탈 없이 무럭무럭 자라나 주는 게
　　　　　이 엄마에게는 제일 큰 행복이란다.

그때 다람쥐가 뛰어 들어오고, 그 뒤를 청설모가 다람쥐
를 잡으러 달려나온다.

청설모　(약이 올라서) 야, 너 정말 거기 안 서?

다람쥐　히히히! 날 잡아 보시지.

엄마가재　(타이르듯이) 청설모야, 왜 또 그러니?

청설모　(씩씩거리며) 글쎄 다람쥐 저 녀석이 자꾸 약을
　　　　　올리잖아요.

엄마가재　그러다가 다칠라.

다람쥐　(달아나다 말고 돌아보며) 메 — 롱!

청설모　　야! 너 잡히기만 해 봐라. 그냥 안 둘 테니까.

　청설모가 다람쥐를 쫓아 달려나가자, 재갈이와 재록이가 재미있어서 고함을 지른다.

재록이　　다람쥐 아저씨, 어서 달아나세요. 어서어서!

재갈이　　청설모 아저씨, 빨리 달려가 잡으세요. 빨리빨리!

엄마가재　(바라보며) 저 녀석들 또 저러다가 싸우지…….

재갈이　　(갑자기 엄마를 잡아 흔들며) 아! 엄마, 엄마! 저 푸른 하늘 좀 보세요. 너무 맑고 아름다워요.

엄마가재　(바라보며) 오! 그래, 정말 아름답구나.

재록이　　어라? 흰 구름 아가씨가 그림을 그리고 있네요.

재갈이　　야! 멋지다. 꼭 토끼 같애.

재록이　　(공중에 대고) 흰 구름 아가씨! 멋진 그림 많이 그려 주세요.

재갈이　　어? 매미 아저씨가 왜 노래를 그쳤지?

재록이　　정말!

재갈이　　(큰 소리로) 매미 아저씨, 신나는 노래 계속 불러 주세요.

　매미 소리 다시 크게 들린다. 재갈이와 재록이가 신이 나서 키득거리며 무대를 이리저리 돌아다니다가는 엄마

품에 안기고, 또 달아나곤 한다. 이런 모습을 엄마가재가 흐뭇하게 바라보고 있다. 그때 갑자기 바깥이 떠들썩해지며 소리들이 들려온다.

엄마가재 (하얗게 질리며) 사, 사람이다!

재갈이 (의아스럽게) 엄마, 사람이 뭐예요?

재록이 사람이 뭔데 그리 놀라세요?

엄마가재 (부들부들 떨며) 너희들은 아직 사람이 무엇인지 잘 모르겠다만, 사람이란 이 세상에서 제일 무섭고 잔인한 동물이란다.

재록이 물뱀보다 더 무서워요?

재갈이 까치살무사보다도요?

엄마가재 물뱀이나 까치살무사 따위와는 비교도 할 수 없이 독하고 잔인하단다.

재록이 (엄마 품에 파고들며) 무서워요, 엄마.

재갈이 사람이 그, 그렇게 무서워요?

이윽고 사람들이 나타나더니 개울가 평평한 곳에 텐트를 치기 시작한다. 가재들은 한쪽 편에 서서 사람들의 행동을 유심히 살핀다.

엄마가재 저 사람들은 여름만 되면 이 깊은 계곡까지 찾아와 우리 놀개울 생물들을 괴롭히고 가지.

재갈이 어떻게요?

엄마가재 나뭇가지나 꽃을 꺾기도 하고 다람쥐를 잡겠다며 돌멩이를 던지는가 하면, 가지고 온 음식들로 온 계곡을 더럽힌단다.

재갈이 나쁜 사람들이군요.

엄마가재 그뿐인 줄 아니? 사람들은 자기네가 마치 이 세상의 주인인 것처럼 마음대로 행동하며 다른 생물들을 함부로 대하지.

재록이 왜 자기들이 주인이죠? 이 세상은 모든 생물들이 공평하게 살아갈 권리가 있는데…….

재갈이 그러게 말야. 정말 어처구니가 없군!

엄마가재 너희들이 크면 알려주려고 아직 말을 안 했다만, (눈을 잠시 감았다 뜨며) 너희 아빠를 잡아간 것도 실은 저 사람들…… 흑! (말을 맺지 못하고 눈물을 훔친다.)

재록이 (놀라며) 네? 아빠 병으로 돌아가셨다고 했잖아요?

재갈이 (엄마를 잡아 흔들며) 어떻게 된 거예요, 엄마! 바른대로 말씀해 보세요.

엄마가재 (가까스로 마음을 진정시키고는) 올봄, 너희들이 아직 어렸을 때였지. 너희 아빠가 저 무지막지한 사람들에게 잡혀서 장난감처럼 주물리다가 그만

죽고 말았단다.

재록이　(온몸을 부르르 떨며) 못된 사람들 같으니라구!

재갈이　(집게발을 꼭 쥐며) 꼭 복수하고 말 거예요.

엄마가재　(놀라며) 아서라. 우리에겐 그런 힘이 없단다.

　아이들이 우르르 개울물로 뛰어들더니 첨벙거리며 마구 돌아다닌다.

엄마가재　(소곤거리듯) 오늘은 절대 밖에 나가지 말아라. 저 아이들이 하는 짓을 보니 꼭 무슨 일을 내고 말겠다.

재갈이　아이가 뭐예요?

엄마가재　어린 사람을 아이라고 하지. 특히 아이들이 우리 가재를 못살게 군단다.

재갈이　아이들이 이쪽으로 오고 있어요, 엄마.

엄마가재　(재갈이와 재록이를 잡아끌며) 어서 들어가자.

　가재 가족이 퇴장하면, 두 아이 무대 중앙으로 나온다.

아이 1　(나무 위의 다람쥐를 발견하고) 야! 다람쥐다.

아이 2　어디, 어디?

아이 1　저 — 기, 저쪽 나뭇가지에.

아이 2   정말!

아이 1   (돌멩이를 집어 들며) 잘 봐. 내가 다람쥘 단번에 맞혀 볼 테니.

아이 2   (돌멩이를 찾아 들고) 돌팔매질이라면 나도 자신 있지.

두 아이, 돌팔매질을 하며 다람쥐를 쫓아다닌다. 다람쥐가 아이들에게 쫓겨 이 나무 저 나무로 옮겨 다니고, 매미는 벌써 노래를 그쳤다.

아이 1   에이, 달아나 버렸잖아.

아이 2　햐! 맞힐 수 있었는데.

아이 1　잡았으면 좋은 장난감일 텐데 말이야.

아이 2　(무심코 물속을 내려다보다가) 가재다!

아이 1　어머! 정말!

　아이들이 물속의 돌멩이를 뒤집더니 새끼가재 한 마리를 잡아 올린다. 그러다가 달아나는 어미가재를 발견하고 좋아라 소리친다.

아이 1　저기, 더 큰 놈이 있어!

아이 2　우와! 크다. 가만 있어, 내가 잡을게.

아이 1　빨리빨리!

　아이들이 어미가재와 새끼가재 한 마리를 잡아 올린다.

아이 1　아야! (어미가재가 꼭 찍는 바람에 손을 턴다.)

아이 2　이런! 새끼는 한쪽 집게발을 떼어놓은 채 달아났어.

아이 1　(가재를 단단히 쥐고는) 요 나쁜 놈! 나를 찍다니.

　이때 어른이 아이들을 부르자 아이들 팔딱팔딱 뛰어가고, 사람들이 사라지면 어두워진다.

2

무대 밝아지면 놀개울의 온 동물들이 모여 가재 형제를 위로하고 있다.

재갈이   (울부짖으며) 모두가 내 잘못이야. 흑흑!

물매암이 너무 괴로워하지 마라, 재갈아.

소금쟁이 어째 네 잘못이라고 하겠니? 못된 사람들이 나쁘지.

재갈이   아니에요. 엄마가 절대 오늘은 나가지 말라고 했는데, 그만 호기심이 생겨 내다보다가 엄마가 이런 변을…… 으윽! (떨어져 나간 왼쪽 어깨를 다른 집게발로 감싼다.)

재록이   형, 많이 아파?

재갈이   (억지로 참으며) 아냐. 난 괜찮아.

소금쟁이 (재갈이의 어깨를 어루만지며) 에그! 이 어린것이 얼마나 아플꼬.

퉁사리   쯧쯧! 이 무슨 변이람!

청설모   정말 마음씨 좋은 아줌마였는데.

다람쥐   나쁜 사람들 같으니라구!

재록이   (울먹이며) 형, 이제 우린 어떻게 살아?

재갈이   (재록이의 손을 꼬옥 잡으며) 엄마는 반드시 돌아오실 거야. 그러니 기운 내, 재록아.

다슬기 (돌아서서 눈물을 훔치며) 에그, 불쌍한 것들. 올봄
에 아비 잃고 또 이번에는 어미까지 잃었으니…….

청설모 그게 다 우리 동물들의 어쩔 수 없는 운명 아니겠소.

다람쥐 운명 치고는 너무도 가혹한 운명이지.

재갈이 (둘러보며) 어떻게 하면 엄마를 구해 낼 수 있을
까요?

재록이 (관중을 향하여 애원하듯) 저희 엄마를 좀 살려
주세요. 네?

물매암이 쯧쯧! 눈물이 나서 못 보고 있겠군.

퉁사리 (휘적휘적 걸어 들어가며 혼잣말로) 여태껏 이 놀
개울에 사람에게 잡혀가서 돌아온 동물은 아무도
없었으니…….

동물들 슬금슬금 물러가면, 무대에는 재갈이와 재록이만
남는다. 재록이는 울다가 지쳤는지 재갈이에게 기대어 잠
이 들었다. 재갈이가 살그머니 재록이를 뉘어 놓고, 개울
가의 큰 바위 앞에 선다.

재갈이 (작은 손을 모아 쥐고 절을 하며) 제발 저희 엄마
를 살려 보내 주세요. 큰바위신령님!

재갈이는 몇 번이고 절을 하며 엄마를 살려 보내 달라고

빈다. 재록이가 잠꼬대를 한다.

재록이　(잠꼬대로) 엄마…….

재갈이　(재록이의 손을 살그머니 쥐고 눈물을 글썽이며)
　　　　　재록아…….

　이때 갑자기 두런두런 사람 소리가 들려온다. 깜짝 놀란
재갈이가 재록이를 안고 무대 한편으로 기어가 숨는다.

재갈이　(떨리는 목소리로) 어제 그놈들이야! 엄말 잡아간
　　　　　놈들!

아이 1　(멀리서 소리만) 여기야. 이 개울이 틀림없어.

재갈이　요놈들! 우리 엄마를 잡아간 나쁜 놈들! 또 우리
　　　　　까지 잡으러 왔군.

아이 2　(경중경중 뛰어 들어오며) 그래, 맞아! 어서 넣어
　　　　　줘. (손에 깡통을 하나 들고 있다.)

재갈이　저 녀석들이 들고 있는 게 뭐지?

　아이들이 깡통 속에서 무엇을 끄집어낸다.

재갈이　(깜짝 놀라며) 앗! 엄마다!

아이 1　어서 넣어.

아이 2   알았어.

재갈이   아! 엄마, 엄마가 살아 돌아오시다니!

아이 2   (가재를 물속에 놓아주며) 미안하다, 가재야. 잘
            살아라.

아이 1   다시는 너희들을 괴롭히지 않을게.

재갈이   (집게발로 몸을 꼬집어 보며) 설마 이게 꿈은 아
            니겠지?

아이 2   저것 봐, 새끼들인가 봐.

아이 1   살려 주기 잘했다, 그지?

　아이들이 한참 물속을 들여다보고 있다가 팔딱팔딱 뛰어
서 사라진다. 곧이어 엄마가재가 재갈이와 재록이를 부르
며 달려들어 온다.

엄마가재   (황급히 들어오며) 재갈아! 재록아!

재갈이   (마주 달려나가며) 엄마!

재록이   (놀라 깨어나서) 엄마!

엄마가재   오! 이렇게 너희들을 다시 만나다니…….

　엄마가재와 새끼들이 서로 한참을 부둥켜안고 기뻐서 운다.

재갈이   (눈물을 닦으며) 엄마, 어떻게 살아 돌아오셨어요?

엄마가재 (또다시 새끼들을 끌어안으며) 다시는 너희들을 못 보는 줄 알았다.

재록이 저 아이들이 순순히 엄마를 놓아주던가요?

엄마가재 처음에는 나를 장난감처럼 가지고 놀았지. 그러다가 자꾸 비실비실 기운을 잃어 가는 나를 보고는 놀라 다시 이곳으로 가지고 왔단다.

재갈이 (고개를 갸웃하며) 그리 나쁜 아이들은 아닌가 보네요?

엄마가재 (고개를 크게 끄덕이며) 나도 내내 그 생각을 했다. 어쩌면 이제 사람과도 잘 지낼 수 있을 것 같은 생각이 드는구나.

재갈이, 재록이 (그 말에 좋아서 날뛴다.) 야호!

엄마가재 (웃으며) 그렇게 좋으니?

재갈이, 재록이 네!

매미 노랫소리가 다시 들려오기 시작하고, 다람쥐가 또 청설모에게 쫓겨 무대로 달려나온다. 재갈이와 재록이도 신이 나서 그 뒤를 따라 달려가자, 언제 나왔는지 놀개울의 모든 동물들이 나와 무대를 뛰어다니며 좋아라 날뛰고, 관중석에 있던 아이들까지 무대로 올라와 춤추며 동물들과 어울린다. 평화스러운 음악이 온 놀개울에 잔잔히 울려 퍼진다.

서서히 막이 닫힌다.

자선냄비 속에 들어간 물방울다이아

▶ 때 : 요즘

▶ 곳 : 주택가 거리

▶ 나오는 사람들 : 도둑 1, 도둑 2, 남편 쥐, 아내 쥐, 아기 쥐,
구세군 1, 구세군 2, 경찰 1, 경찰 2, 사람들

1

막이 열리면 두 도둑이 자그마한 상자 하나를 들고 황급히 뛰어나온다.

도둑 1 (숨을 몰아쉬며) 휴! 아이 숨차.

도둑 2 (뒤를 돌아보고는) 이제 안심이야. 그만 달아나도 돼.

도둑 1 (사방을 두리번거리며) 아무도 보는 사람 없겠지?

도둑 2 걱정 마, 짜샤! 그렇게 간이 작아서야 무슨 일을 해먹고 살겠니?

도둑 1 아무래도 난 도둑 체질이 아닌가 봐.

도둑 2 짜샤! 도둑, 도둑, 하지 말라고 했지?

도둑 1 아 알았어, 보석전문털이범!

도둑 2 우리도 어엿한 전문직업 종사자다, 이 말씀이야.

도둑 1 그런데 이 상자가 정말 보물 상자란 말이지? (상자를 들어 흔든다.)

도둑 2 (황급히 상자를 빼앗으며) 흔들지 마. 이게 어떤 보석인데 함부로 흔들어 대는 거니?

도둑 1 정말 그 물, 물…….

도둑 2 물방울다이아!

도둑 1 흑! 말로만 듣던 물방울다이아가 이 속에 들어 있단 말이지?

도둑 2 몇 번 얘기해야 알아듣겠니? 내가 이 보석을 손에 넣기 위해 지난 석 달 동안 밤잠을 자지 않고 연구에 연구를 거듭한 결과 비로소 오늘 소원을 이루게 되었다, 이 말씀이야.

도둑 1 넌 본래 밤잠을 안 자고 낮잠을 자지 않니?

도둑 2 (화를 내며) 짜샤! 말을 하자면 그렇다 이 말이지.

도둑 1 오! 알았어. (짝짝짝 박수를 치며) 역시 넌 으뜸 보석전문털이범이야.

도둑 2 (상자 뚜껑을 열며) 이 물방울다이아가 말이야…….

도둑 1 (상자 속을 들여다보며) 어디 좀 봐.

도둑이 상자 속에서 보석을 꺼내 든다.

도둑 2 오! 이 광채!

도둑 1 (감탄하며) 햐! 이게 바로 그 물방울다이아군!

도둑 2 이렇게 큰 다이아는 국내에 몇 개 안 된다지, 아마.

도둑 1 어디서 이런 보석을 구했을까?

도둑 2 보나마나 이 보석의 주인 되는 녀석도 이걸 어디서 훔쳤을 거야.

도둑 1 훔쳐? 어디서?

도둑 2 부정축재로 소문난 녀석이거든. 그러니까 훔친 거나 마찬가지라는 얘기지.

도둑 1　(고개를 끄덕이며) 그러니까 우린 도둑의 물건을 훔친 거네?

도둑 2　바로 그 말이지.

도둑 1　그러니까 이 보석으로 집도 사고…….

도둑 2　이 보석으로 자동차도 사고…….

도둑 1　이 보석으로 빵도 사 먹고…….

도둑 2　이 보석으로 과자도 사 먹고…….

도둑 1　이히힛! 신난다.

도둑 2　(보석을 들어 요리조리 살피며) 야! 정말 끝내주는군.

도둑 1　(손을 뻗어 보석을 낚아채려 하며) 어디 좀 봐.

도둑 2　(피하면서) 가만 있어 봐, 좀.

도둑 1　좀 보자니까!

　보석을 서로 보려고 둘이서 다투다가 그만 보석을 떨어뜨리고 만다. 떨어진 보석이 데구르르 굴러가고 둘이 놀라 허둥대며 소리친다.

도둑 2　악! 내 보석!

도둑 1　엇! 이게 어디로 굴러가는 거지?

　그때 쥐 한 마리가 달려나오다가 굴러가는 보석을 발견하고 잽싸게 입에 물고는 달아난다.

도둑 1　　앗! 저 녀석이⋯⋯.

도둑 2　　뭐 저런 녀석이 있어? 쥐가 보석을 물고 가다니.

도둑 1　　암놈인가 봐, 보석을 좋아하는 걸 보니⋯⋯.

도둑 2　　짜샤! 지금 농담할 때야? 빨리 빼앗아.

도둑 1　　(쥐를 쫓으며) 야! 이 쥐새끼야, 거기 안 서?

도둑 2　　빨리 안 내놓으면 널 물어 죽일 테다.

쥐　　　　(달아나며) 찍! 찍찍!

　무대를 몇 바퀴 돌던 쥐가 보석을 입에 문 채 드디어 쥐 구멍 속으로 사라져 버린다.

도둑 2　　(털썩 주저앉아 땅을 치며) 아이고! 내 보석!

도둑 1　　(같이 따라 주저앉으며) 아이고 내 물방울다이아!

　도둑들, 한참 구멍을 노려보다가 막대기를 주워 와 구멍 속을 휘저어 보기도 하면서 야단법석을 떤다.

도둑 2　　(벌떡 일어나 다른 도둑을 째려보며) 이게 다 너 때문이야.

도둑 1　　(질세라 같이 째려보며) 뭐? 보석을 떨어뜨린 건 너잖아?

도둑 2　　네가 임마, 자꾸 빼앗으려는 바람에 떨어뜨렸잖아?

도둑 1   그러게 한번 보여주었으면 됐잖아!

도둑 2   이 자식이!

도둑 1   이게!

둘이 맞붙어서 싸우다가는 또 쥐구멍을 들여다보며 탄식을 하다가 또 맞붙어 싸우기를 되풀이하면 무대 어두워진다.

2

무대 밝아지면 쥐구멍 속이다. 남편 쥐가 보석을 입에 물고 헐레벌떡 뛰어 들어온다.

아내 쥐   왜 이리 숨 가쁘게 뛰어 들어오세요? 또 야옹이 녀석에게 쫓긴 게로군요?

남편 쥐   (숨을 몰아쉬며) 나 시원한 물부터 한 잔 주구려.

아내 쥐가 따라 주는 물을 남편 쥐가 벌컥벌컥 들이켠다.

아내 쥐   (수건으로 남편 쥐 이마의 땀을 닦아 주며) 이 땀 좀 봐. 그래 맛있는 음식은 좀 구해 오셨어요?

남편 쥐   그러니까 그게…….

아기 쥐   아빠! 피자라는 음식을 구해 오기로 하셨잖아요?

남편 쥐 으응, 저 그게 말이다…….

아내 쥐 (요리조리 살피며) 음식은 보이지 않고…… 손에 쥔 이건 뭐예요?

남편 쥐 (보석을 내보이며) 이게 말이오, 이게 인간들이 좋아하는 보석이라는 건데…….

아내 쥐 (화를 내며) 아니, 이런 건 뭣하러 물고 오셨어요? 이 쓸모없는 유리 조각을……. (보석을 빼앗아 던져버린다.)

남편 쥐 (황급히 보석을 다시 주워들며) 이런 무식하긴. 이게 얼마나 값진 것인지 알기나 해요? 인간들은 이것에 목숨까지 건다구요.

아내 쥐 아이구 참! 얼빠진 인간들이나 그런 걸 좋아하지, 우리 쥐들에게는 피자 한 조각보다 못하다구요.

아기 쥐 아빠! 나 피자 먹고 싶단 말이에요.

남편 쥐 (아기 쥐를 달래며) 뽀식아, 이건 물방울다이아라는 건데, 가치로 치면 피자 백 개, 아니 천 개, 만 개의 가치가 있단다.

아기 쥐 천 개, 만 개요?

남편 쥐 (고개를 끄덕이며) 그래, 천 개, 만 개.

아기 쥐 그렇게 많이는 필요 없고, 지금 당장 피자 한 개만 나오게 해 보세요.

아내 쥐 그러구려. 한 개, 아니 한 조각이라도 나오게 해 보세요.

아기 쥐   어서요, 아빠.

아내 쥐   어서 해 보세요.

남편 쥐   (보석을 입에 넣고 꽉 깨물며) 에잇! 윽! 아유, 이
            빨이야.

아기 쥐   그러면 피자가 나와요?

남편 쥐   사실은 나도 이게 왜 피자 백 개보다 가치 있는지
            그 이유를 모르겠다.

엄마 쥐   당신도 참! 그것도 모르면서 이걸 물고 와요?

남편 쥐   그 녀석들 얘기로는 이걸로 집도 사고 빵도 산다
            고 했소.

아내 쥐   그 녀석들이라니요? 누구 말이에요?

남편 쥐   누군 누구겠소? 이걸 훔쳐 가던 도둑들이지.

그때 쿵쿵 하고 벽을 허무는 듯한 소리 들린다.

아내 쥐   이게 무슨 소리지?

남편 쥐   (귀를 쫑긋하고는) 가만, 이 소리는…… (급히 일
            어서며) 그놈들이오. 어서 여기서 도망갑시다.

아내 쥐   (어리둥절해서) 네?

남편 쥐   그놈들이 이 보석을 찾으러 왔다니까.

아내 쥐   (집 안을 둘러보며) 이 살림살이들은 다 어쩌구요?

남편 쥐   (보석을 주워들며) 중요한 것만 대충 챙겨요.

쥐 가족이 우왕좌왕하는 가운데 무대 잠시 어두워졌다가 밝아지면, 도둑들이 곡괭이로 쥐구멍을 파고 있다.

도둑 2   어서 콱 찍어 파.
도둑 1   (곡괭이를 내던지며) 고놈의 쥐새끼들이 아직도 여기 있겠어? 벌써 다른 데로 달아났지.
도둑 2   짜샤! 그럼 그 귀한 물방울다이아를 쥐새끼한테 던져 주고 그냥 빈손으로 가잔 말이야?
도둑 1   그럼 어째? 우리 복이 그뿐인걸.
도둑 2   (곡괭이를 집어 들며) 비켜 봐, 짜샤. 내가 파 볼게.

도둑이 곡괭이를 사정없이 휘두르며 쥐구멍을 판다. 이 때 경찰이 지나가다가 이 광경을 보고 의아해하며 가까이 온다.

경 찰   (구덩이를 들여다보며) 뭘 하시는 겁니까?
도둑 1   (깜짝 놀라며) 아 예, 그 저, 그러니까 물방울…….
경 찰   물방울이라니요? 물방울이 어때서요?
도둑 2   (간교한 웃음을 지으며 황급히) 해해해! 담, 담벼락에서 물방울이 떨어지는 것을 보고 혹시 여기

　　　　　　온천물이 나나 해서요.

경　찰　　담벼락 밑을 너무 깊이 파지 마십시오. 잘못하면
　　　　　　담이 무너질지도 모르니까.

도둑 2　　(굽실거리며) 예예.

경찰이 고개를 갸웃하며 나간다.

도둑 2　　(다른 녀석을 마구 때리며) 짜샤! 너 물방울다이
　　　　　　아라 하려고 했지? 그런 대가리로 어떻게 도둑질
　　　　　　해 먹고 살래?

도둑 1　　아, 아얏! 그러니까 난 도둑 체질이 아니라고 했
　　　　　　잖아.

사람들이 힐끗 쳐다보며 지나간다. 두 도둑이 다시 쥐구
멍을 파려는데 쥐 세 마리가 구멍 속에서 뽀르르 나와 달
아난다.

도둑 1　　(깜짝 놀라며) 이크! 쥐다!

도둑 2　　저 녀석이다. 잡아라!

쥐　들　　(달아나며) 찍! 찍찍!

도둑 1　　앞에 조 녀석이 보석을 물고 있어.

도둑 2　　조 녀석을 잡아라! 절대로 놓치면 안 돼!

쫓고 쫓기며 쥐들과 두 도둑이 온 무대를 돌아다니는 가운데, 무대 한쪽에서 구세군 자선냄비가 나타난다.

구세군 1 (종을 흔들며) 불우 이웃을 도웁시다.

구세군 2 이웃에게 따뜻한 사랑을 나눕시다.

구세군 1 작은 나눔으로 이 겨울을 훈훈하게 녹입시다.

구세군 2 이 세상을 사랑으로 가득 채웁시다.

도둑 2 (구세군들을 밀치며) 아, 저리 좀 비켜요.

도둑 1 저, 저기 달아난다!

아내 쥐 (계속 달아나며) 찍! 찍찍! 여보, 어서 그 보석을 저 냄비 속에 넣어 버려요.

아기 쥐 찍찍! 찍! 그래요, 아빠. 도둑에게 보석을 빼앗기느니 그게 좋겠어요.

남편 쥐 찍찍찍! 찍찍! 그래, 나도 그 생각을 하고 있는 중이란다.

쫓기던 남편 쥐가 펄쩍 뛰어오르더니 자선냄비 속에 보석을 던져 넣고는 달아난다.

도둑 1 (놀라며) 앗! 저 녀석이 보석을⋯⋯.

도둑 2 (절규하는 목소리로) 안 돼! 절대로 안 돼!

도둑들이 울부짖으며 자선냄비 속에 손을 넣어 마구 휘젓는다.

구세군 1　이게 무슨 짓이오?
구세군 2　자선냄비 속의 돈을 훔치려 하다니, 이런 일은 처음인걸.
도둑 2　(울부짖듯) 내 보석! 내 보석!

구세군이 다급하게 호루라기를 서너 번 불자, 서너 명의 경찰이 달려와 두 도둑을 붙잡는다.

경찰 1　이 녀석들이 아까부터 수상하더라니.
경찰 2　정말 못된 녀석들이군.
도둑 2　(수갑이 차여 끌려가며) 오, 내 보석! 내 보석!
도둑 1　흑흑! 역시 난 도둑 체질이 아닌가 봐.

도둑들은 아쉬운 듯 계속 뒤를 돌아보며 끌려가고, 구세군들은 아무 일 없었다는 듯 종을 흔들며 자선을 호소한다.

구세군 1　불우 이웃을 도웁시다.
구세군 2　이웃에게 따뜻한 사랑을 나눕시다.

자선냄비의 종소리 딸랑딸랑 흘러나오는 가운데 서서히
막이 닫힌다.

착한 소매치기들

▶ 때 : 요즘

▶ 곳 : 도시의 거리

▶ 나오는 사람들 : 여인, 형사 1, 형사 2, 짜개, 너구리, 번개, 촉
새, 노신사, 직원

1

막이 열리면 은행의 현금인출기 부스 부근이다. 한 여인이
인출기에서 돈을 찾아 핸드백에 넣고 밖으로 나온다. 망을
보고 있던 녀석이 눈짓을 하자, 다른 한 녀석이 앞으로 나가
바쁘게 걸어나오는 여인의 앞을 막는다. 그러자 또 한 녀석
이 번개같이 달려들어 여인의 핸드백을 낚아채어 달아난다.

여 인　　(까무러질 듯 놀라며) 내 돈! 내 돈! 소매치기야!
　　　　　　소매치기야!

사람들이 몰려오고, 거의 정신이 나간 여인이 내 돈을
되뇌며 어쩔 줄 몰라 허둥거린다. 연락을 받고 달려온 형
사가 여인에게 범인의 인상착의를 묻는다.

형사 1　　부인, 진정하십시오. 진정하시고 몇 가지 질문에
　　　　　　대답해 주십시오.
여 인　　(형사의 팔을 붙들며) 내 돈! 제발 내 돈 좀 찾아
　　　　　　주세요. 그게 어떤 돈인데 그놈들이 그걸 빼앗아
　　　　　　가다니…… 흑흑!
형사 2　　그러니까 범인의 인상착의가 어땠습니까? 얼굴
　　　　　　은 어떻게 생겼던가요?

형사 1	키가 크던가요? 옷은 무슨 옷을 입었던가요?
여 인	(고개를 가로저으며) 모르겠어요. 너무도 엉겁결에 당한 일이라 전혀 생각이 안 나요.
형사 1	한 명이던가요? 아니면 둘이나 셋?
여 인	(손수건으로 눈물을 닦으며) 은행에서 나오는데 한 명이 내 앞을 가로막았어요. 그래서 약간 머뭇거리는 사이 또 한 명이 순식간에 내 핸드백을 채 갔어요. 제발 형사님, 그 돈 찾아 주세요, 네?
형사 2	흠! 아주 교활한 놈들이로군. 혹시 조금이라도 범인의 인상에 대해 기억나는 게 없습니까? 아주 조금이라도…….
여 인	(잠시 생각하다가) 달아날 때 얼핏 보았는데 오른쪽 뺨에 길게 그은 흉터가 하나 있었어요. 칼자국 같은…….
형사 1	(고개를 갸웃하며) 오른쪽 뺨에 칼자국이라…….
여 인	(확신하는 듯) 예, 분명히 칼자국이었어요. 그것도 아주 깊게 파인…….
형사 2	(친구 형사를 보고) 북마산 찌개파 아냐? 그 부하 중에 칼자국 그어진 녀석이 하나 있었잖아?
형사 1	내 생각에는 수법으로 보아 합성동 족제비파 같은 생각도 드는데…….
형사 2	부인, 일단 피해 금액과 연락처를 적어 놓고 가십

시오. 범인을 잡도록 최선을 다해 보겠습니다.

여 인 (울먹이며) 그 돈 삼백만 원이 없으면 우리 애 아
빠는 수술을 못 받아 죽습니다. 우리 아들이 아버
지 살릴 거라고 신장을 하나 떼어 주는 수술인데,
흑흑! 이런 일이 생기다니…….

여인이 울며 나가면 무대 어두워진다.

2

무대 다시 밝아지면 소매치기 사무실이다. 두목인 짜개
가 혼자 앉아서 연방 시계를 올려다보고 있다.

짜 개 (안절부절못하며) 왜 이리 늦지? 또 어설프게 해
서 짭새한테 걸린 것 아냐?

그때 문이 벌컥 열리더니 셋이 희희낙락하며 뛰어 들어
온다.

짜 개 (버럭 화를 내며) 왜 이리 늦었어? 누구 간 떨어
지는 것 보고 싶어, 짜샤?

촉 새 (헤벌쭉 웃으며) 헤헤헤헤! 형님! 오늘 큰 것 하

나 물었수다.

짜 개 (얼굴이 환해지며) 그래? 얼마나 큰 건데?

너구리 히히힛! 놀라지 마십쇼. 무려 삼백…….

짜 개 삼백? 흐흐흐흐! 제법인걸. 물론 현찰이겠지?

번 개 그야 물론입죠. 그것도 빳빳한 오만 원 신권으로…….

짜 개 좋았어. 수고 많았다. 이제야 실력이 제대로들 나오는군.

너구리 그럼 형님, 우리도 내일 여름 휴가를 떠나는 거죠?

짜 개 (흔쾌히) 물론이지. 휴가를 갔다 와야 또 일에 능률이 오를 것 아냐?

모 두 (동시에) 얏호!

번개, 촉새 (서로 손바닥을 딱 마주치며) 만세! 드디어 휴가다.

짜 개 (샴페인을 따서 잔에 따라 주며) 자, 건배! 우리 사업의 번창을 위하여!

모 두 (신이 나서) 위하여!

소매치기들이 축배를 들며 즐기는 가운데 무대 어두워졌다가 다시 밝아지면 모두 부산하게 휴가 준비를 하고 있다.

짜 개   내 수영복이 어디 갔지?

번 개   헤헤헤헤! 형님 수영복은 내가 벌써 챙겼습니다요.

너구리   선크림도 챙겨야 돼. 꽃미남 얼굴이 그을리면 안
         되거든.

번 개   쳇! 그 얼굴이 꽃미남이면 내 얼굴은 꿀미남이다.

너구리   하하하하! 꿀미남이란 말도 다 있냐? 처음 듣는
         해괴한 말인걸.

번 개   뭐! 꿀처럼 달콤하고 잘생긴 얼굴이 꿀미남이다.
         왜? 떫냐?

너구리   우하하하! 아이고 우스워. 그 얼굴에 꿀미남이라
         니…….

짜 개   야! 너구리, 쓸데없는 농담 그만하고 촉새한테 나
         가 봐라. 뭘 잔뜩 많이 사 오나 보다.

너구리   예, 형님.

   너구리가 막 나가려는데 촉새가 슈퍼에서 한 보따리 사
들고 들어온다. 신문도 한 부 들고 있다.

촉 새   (흥분한 목소리로) 형님, 우리 이야기가 신문에 났
         수다.

짜 개   뭐? 신문에 우리 이야기가?

촉 새   예. 어제 그 은행에서 일어난…… 틀림없이 우리

얘깁니다.

번 개   (좋아서) 야, 우리가 신문에 나다니!

너구리   이제 우리도 서서히 유명인사가 되어 가는 거야.

짜 개   (신문을 받아 펼치며) 뭐라고 났어?

모두 둥그렇게 모여 신문을 들여다본다.

짜 개   (촉새에게) 네가 낭랑하게 한번 읽어 봐라.

촉 새   예, 형님!

촉새가 신문을 받아들고 기사를 읽어 내려간다.

촉 새   (목을 다듬은 다음) '어제 오후 여섯시 경 오동동 농협 현금인출기에서 돈을 인출해 나오던 추미옥 씨가 현금 삼백만 원이 든 핸드백을 날치기당했다. 두세 명으로 조직된 소매치기들은 추씨를 둘러싸고 순식간에 핸드백을 빼앗아⋯⋯.'

너구리   히히힛! 틀림없는 우리 얘기로군.

짜 개   계속 읽어 봐.

촉 새   예, 형님! '⋯⋯ 남편의 신장이식 수술비를 날치기당한 추 여인은 세상에 이럴 수가 있느냐며 울부짖었고⋯⋯ 그런데 신장이식을 해 줄 사람은 다름 아닌 중학생 아들로 그 효심에 모두 눈시울을 붉히면서 비정한 소매치기들을 원망했다.' 이상입니다요, 형님!

번　개　(신문의 사진을 가리키며) 침대에 누워 있는 이 사람이 바로 그 신장이식 수술을 받아야 할 남편인가 보군.

너구리　그 옆의 학생이 효자 아들이고 오른쪽이 아내…….

촉　새　맞아. 바로 이 여인이야. 돈을 돌려달라고 등 뒤에서 무척이나 애처롭게 외치더군.

번　개　(눈물을 찔끔거리며) 에구, 내가 왜 이러지? 자꾸 눈물이 나려고 하네

너구리　우리 사업이 원래 좀 비정한 데가 있긴 하지.

촉새가 신문을 접으면서 가만히 눈을 감고 있는 형님의 눈치를 힐끔 보며 수다를 떤다.

촉　새　(간살스럽게) 헤헤헤헤! 형님! 이제 준비도 끝났으니 어서 떠나야죠.

너구리　빨리 출발해야 차가 밀리지 않습니다요.

묵묵히 앉아 있던 짜개가 벌떡 일어나며 꽥 고함을 지른다.

짜 개   (격한 목소리로) 야! 이 머저리들아! 너희들도 인
　　　　간이야? 이 피도 눈물도 없는 놈들.

　너무도 뜻밖의 일이라 모두 어쩔 줄 모르며 서로 얼굴만
바라본다.

촉 새   (조심스럽게) 왜, 왜 이러십니까, 형님?
너구리   무슨 잘못된 일이라도…….
짜 개   (의자에 다시 털썩 앉으며) 난 못 가. 그 돈으로
　　　　도저히 휴가를 갈 순 없어. 정 가고 싶으면 너희
　　　　들이나 가.
너구리   (놀라며) 대체 그게 무슨 날벼락 같은 말씀이신지?
번 개   (결심한 듯) 저도 못 갑니다. 아무리 우리가 막돼
　　　　먹은 소매치기지만 그런 돈을 어찌 휴가비로 쓰
　　　　겠습니까요?
짜 개   내 말이 바로 그 말이야. 우리가 사회의 좀과 같
　　　　은 존재긴 해도 우리 스스로 완전히 나쁜 놈들은
　　　　아니잖아?
너구리   그야 물론입죠만, 그래도 오랫동안 우리가 이 휴
　　　　가를 얼마나 기다려 왔는데…….
짜 개   (신문을 가리키며) 그럼 저 사람은? 우리 휴가 때
　　　　문에 저 사람이 죽으면 우리 마음이 편하겠어?

너구리   (펄쩍 뛰며) 설마 그럴 리야 있겠어요? 무슨 다른 방도가 생겨나지.

짜 개   (고개를 저으며) 아냐, 그럴 수도 있어. 저 사람들의 슬픈 표정을 좀 봐.

모두 목을 빼고 신문의 사진을 뚫어져라 바라본다.

촉 새   (허리를 펴며) 사실은 저도 아까 이 기사를 읽으며 가슴이 자꾸 뭉클해지는 걸 겨우 참았지요. 만약 이 돈으로 휴가를 갔다 오면 두고두고 마음이 편치 않을 것 같긴 합니다.

너구리   허! 촉새 너까지 그러면 나만 비정한 놈이 되는 것 아냐?

촉 새   헤헷! 그럼 너도 안 가겠다고 하면 되잖아?

너구리   (할 수 없다는 듯) 좋아. 나도 그럼 안 가겠소. 난 뭐 눈물도 인정도 통 없는 인간인 줄 아슈?

짜 개   (흡족한 듯) 하하하하! 역시 우린 착한 소매치기들이야.

번 개   히히힛! 착한 소매치기라. 듣기 싫은 소리는 아닌데요?

짜 개   그래. 사실 우린 소매치기하기엔 모두 너무 마음이 여려. 적성에 맞는 직업은 아니다 이 말씀이야.

번 개　하긴 우리가 그리 모질지는 못하죠.

촉 새　그럼 이참에 전업이라도 확 해 버리는 게 좋지 않을까요?

너구리, 번개　(놀라며) 뭐? 전업?

촉 새　그래. 공장에 다니는 친구가 난 언제나 부러웠다구.

짜 개　흠! 그 문제는 일단 시간을 두고 검토해 보기로 하지. 우리도 언제나 이렇게 살 순 없지 않겠나?

　모두 옳은 말씀이라는 듯 고개를 끄덕인다.

번 개　(생각난 듯) 그런데 돈은 어떻게 돌려주죠? 함부로 나다녔다간 짭새한테 잡힐 텐데?

짜 개　그건 내게 맡겨. 내게 생각이 있으니까.

3

　무대 어두워졌다가 다시 밝아지면 병원이다. 지팡이를 들고 중절모를 눌러 쓴 노신사가 수납 창구에서 뭐라고 물은 다음 지갑을 꺼낸다.

직 원　(궁금한 듯) 그런데 어르신께서는 환자분과 어떤 사인가요?

노신사　그냥 좀 아는 사이죠. 자, 돈 여기 있습니다. (돈
　　　　을 꺼내 준다.)

직 원　(돈을 받아 세며) 안 그래도 수술비를 소매치기당
　　　　하는 바람에 수술이 자꾸 늦어져서 안타까웠는데
　　　　잘됐군요. 제가 대신 고맙다는 말씀 드릴게요.

노신사　천만의 말씀을! 부디 수술이 잘되기를 빈다더라
　　　　고 전해 주시구려. 그럼 이만……. (돌아선다.)

직 원　(급히) 잠깐만요! 어르신 성함이라도 좀 알려 주
　　　　셔야 되지 않을까요? 몹시 궁금해할 텐데…….

노신사　(손을 내저으며) 수술비를 댈 만하니까 댄 것뿐이
　　　　외다. 아들의 효성에 감동하기도 했고…….

직 원　(고개를 끄덕이며) 예, 그랬군요.

　노신사가 휘적휘적 걸어나간다. 저만치에서 그 뒷모습을
유심히 바라보던 두 형사가 서로 이야기를 주고받는다.

형사 1　(고개를 갸웃하며) 방금 저 노인네 말이야, 꼭 짜
　　　　개를 닮지 않았나?

형사 2　나도 그런 생각을 했어. 한 삼사십 년 후의 짜개
　　　　모습이라고나 할까.

형사 1　세상엔 닮은 사람도 많지.

형사 2　(한숨을 쉬며) 그나저나 짜개는 어디 가서 잡지?

그때 직원에게 이야기를 들은 여인이 황급히 노신사가 나간 문으로 달려나간다.

여 인　(두리번거리며) 어디로 가셨지? 중절모에 지팡이를 짚은 노인이랬는데…….

여인이 이리저리 뛰어다니며 노신사를 찾는 가운데 막이 닫힌다.

허수아비의 고민

▶ 때 : 가을

▶ 곳 : 들판

▶ 나오는 사람들 : 참새 1, 참새 2, 참새 3, 농부, 허수아비

막이 열리면 벼가 누렇게 익은 들판에 참새들이 내려앉아 날개를 파닥이며 신나게 춤을 추고 있다.

참새들　　(노래)

누런 들판에 일렁이는 벼이삭

우리를 위해 잘도 익었네

자, 모두 마음껏 쪼아 먹으며

축제를 벌이세 축제를 벌이세

참새 1　　(낱알을 쪼아 먹으며) 아유! 맛있다.

참새 2　　올해 벼는 유난히도 더 맛이 있는걸.

참새 3　　난 이 누런 들판을 바라만 봐도 배가 불러.

참새 1　　(새로운 벼이삭을 집어 들며) 자, 어서 쪼아 먹자. 언제 또 그 노랭이 영감이 들판에 나올지 몰라.

참새 2　　흥! 이렇게 풍년인데 우리가 먹으면 얼마나 먹는다고 그 난린지 모르겠어, 정말.

참새 3　　욕심쟁이 인간들이라니!

참새들이 부지런히 벼를 쪼아 먹고 있을 때 농부가 덩실덩실 춤을 추며 들판으로 나온다. 그러자 참새들, 놀라 벼이삭 뒤에 숨는다.

참새 3　　(재빠르게 숨으며) 쉿!

농 부 (들판을 둘러보며) 얼씨구! 올해도 풍년이로구나!
(덩실덩실 춤을 추며 노래를 부른다.)
올해도 풍년일세 올해도 풍년일세
어쩌면 이렇게도 잘도 여물었을까
고방 가득 쌓아 놓고 배불리 먹어야지
(만족한 표정으로) 이제 며칠만 더 익으면 수확을
할 수 있겠는걸. 그동안 극성스러운 참새떼를 잘
지켜내야 할 텐데…….

막 들어가려던 노랭이 영감, 이상한 소리에 발걸음을 돌려 들판을 살피다가 벼이삭 뒤에 숨어 있는 참새떼를 발견하고 고함을 지른다.

농 부 이놈의 참새들, 훠어이! 훠어이!

참새들, 놀라 달아나고 농부는 발을 구르며 더욱 고함을 질러 댄다.

농 부 (날아가는 참새떼를 향해) 야, 이놈들아! 너희들
먹으라고 그 무더운 여름 땡볕에 땀 흘려 가꾼 줄
아느냐? 다시는 얼씬도 하지 마라.

농부가 한참 고함을 질러 대다가 무슨 생각을 했는지 바쁘 안으로 들어가면, 멀찍이 날아갔던 참새들 다시 날아와 벼를 쪼아 먹기 시작한다.

참새 1　아유! 깜짝 놀랐네.

참새 2　하마터면 놀라 기절할 뻔했잖아.

참새 3　어서 쪼아 먹기나 해.

참새들이 재잘거리며 부지런히 낱알을 쪼아 먹는다. 잠시 후 농부가 다시 고함을 지르며 나타나자 참새들, 멀리 날아간다. 농부가 어깨에 허수아비 하나를 메고 나왔다.

농　부　(허수아비를 내려놓으며) 요즘 참새들은 원체 영악해서 말이야. 옛날에는 허수아비 하나면 가을 들판 지키기가 걱정 없었는데…….

농부가 허수아비를 들판 가운데 세운다. 그 모습을 참새들이 숨어서 지켜보고 있다.

농　부　(허수아비에게 밀짚모자를 씌우고는) 참새 녀석들이 한 마리도 얼씬 못 하게 잘 지켜야 한다. (어깨를 툭툭 치며) 너만 믿는다, 허수아비야. 알았지?

농부가 마음이 안 놓이는지 몇 번이나 뒤를 돌아보며 나가고 나면, 참새들이 가까이 날아와 허수아비 주변을 기웃거리며 소곤댄다.

참새 1 걱정 마. 허수아비야.
참새 2 꽤 요란하게 치장을 했는데?
참새 3 요란하기만 했지 머리는 텅 비었을걸!
참새 2 정말 괜찮을까?
참새 1 소리만 내지 않으면 돼.

참새들이 살그머니 한 발짝 앞으로 나오려는데 바람이 불어와 허수아비가 몸을 심하게 흔들자 참새들이 놀라 날아간다.

허수아비 (기지개를 켜며) 아함! 잘 잤다. (날아가는 참새 떼를 발견하고) 저건 뭐야? 참새떼잖아. 휘여! 휘여!(그러다가 고개를 갸웃하며) 그런데 내가 왜 참새들을 쫓고 있지? (갑자기 생각난다는 듯) 옳아! 난 허수아비지!
(덩실덩실 춤을 추며 노래를 부른다.)
나는 허수아비
들판의 멋진 신사

참새들을 쫓는 게 내가 할 일
아무리 심심해도
아무리 팔이 아파도
참새들을 열심히 쫓아야지 휘여 — 휘여 —
(고개를 또 갸웃하며) 그런데 난 누구지?

참새들이 다시 조심스럽게 날아와 기웃거린다.

참새 2 (배를 쓸며) 아! 배고파.

참새 1 이렇게 풍년이 들었는데 굶주리다니, 말도 안 돼!

참새 3 그냥 달려나가서 쪼아 먹을까?

참새 2 (놀라며) 위험해! 좀 더 기회를 기다려 보자.

허수아비가 지겨운 듯 몸을 비틀며 중얼거린다.

허수아비 아이구 팔이야, 어깨야, 다리야. (목을 돌리며)
벌써 목이 뻐근하게 아파 오는걸. 또 언제까지 이
들판에 혼자 서 있어야 할까? (하품을 하며) 아,
심심한데 낮잠이나 자야겠군.

허수아비가 입을 헤벌리고 낮잠을 자기 시작하자 참새들
이 서로 마주 보며 좋아라 날뛴다.

참새 2 (좋아서) 거봐. 기다리니까 기회가 오잖아.

참새 1 녀석이 깨지 않을까?

참새 3 조심하면 돼.

참새 2 자, 빨리빨리!

　참새들이 조심조심 걸어나와 벼의 낱알을 쪼아 먹기 시작한다. 처음에는 조심하던 참새들, 배가 불러 오자 기분이 좋아서 재잘거린다. 그 소리에 눈을 뜬 허수아비, 얼른 참새 한 마리를 붙잡고는 고함을 지른다.

허수아비 (날갯죽지를 잡아 흔들며) 이 녀석들! 감히 이 허수아비님이 지키고 계시는데 벼를 쪼아 먹어? 어디 혼 좀 나 봐라.

참새 1 (손을 싹싹 비비며) 살려 주세요, 허수아비 아저씨! 제발요.

허수아비 살려 달라고? 너희들이 한 짓을 생각해 봐라. 살려 달라는 말이 나오겠는지.

참새 1 잘못했어요, 아저씨. 너무 배가 고파서 그만…….

허수아비 그건 핑계가 안 되지.

참새 1 아아! 제발!

허수아비 흐흐흐! 널 주인 영감님께 드리면 꽤나 기뻐하실걸!

놀라 달아났던 참새들, 다시 날아와 허수아비에게 사정을 한다.

참새 2 (애원하듯) 허수아비 아저씨! 제발 제 친구를 주인영감님께 넘기지 마세요, 네?

참새 3 주인 영감은 당장 우릴 참새구이로 만들어 먹을 거예요.

허수아비 뭐? 참새구이? 그건 너무 심한걸.

참새 3 그래요. 허수아비 아저씨도 한번 생각해 보세요. 우리가 참새구이…….

허수아비 (머리를 흔들며) 뭐? 나보고 생각을 해 보라고? 갑자기 머리가 띵해 오는걸.

참새 2 그래도 생각하셔야 돼요. 아저씨가 꼭 우릴 쫓을 이유가 어디 있겠어요?

허수아비 그거야 뭐, 난 허수아비잖아. 허수아빈 언제나 참새들을 쫓아야 한다구.

참새 1 정말 그게 아저씨 생각이세요?

허수아비 (참새를 잡은 손을 놓고, 두 손으로 머리를 싸안으며) 아! 생각, 생각, 하지 마. 난 생각할 줄 모르는 허수아비야. 머리가 터질 것 같아.

참새 2 그래도 조금만 더 생각을 해 보세요. 지금까지 아저씬 너무 생각을 하지 않으셨어요. 그러니까 머

리가 텅 비어 주인 영감님이 시키는 대로 이 들판
에 홀로 서서…….

허수아비 (괴로운 듯 머리를 쥐어뜯으며) 아아! 이 허수아
비에게도 생각이 있었을까……?

참새 1 나무도 생각을 하고 뒷산의 바위나 시냇물도 생
각을 하는데 아저씨라고 왜 생각이 없었겠어요?

허수아비 (손을 내저으며) 그만! 그만! 날 가만 좀 내버려
둬. 조용히 생각을 좀 가다듬고 싶어.

참새들, 생각을 찾아보려고 고민하는 허수아비를 혼자 두
고 옆으로 나와 손을 잡고 빙글빙글 돌며 노래를 부른다.

참새들 (노래)
생각을 해 보세요, 생각을
이 세상 만물에 주인이 어디 있어요
모든 생물들은 모두 공평하게 살아갈 권리가 있죠
이 넓은 들판의 벼 낟알 몇 개 쪼아 먹는 것이
뭐가 그리 나쁜가요? 뭐가 나쁜가요

허수아비 (갑자기 무릎을 탁 치며) 그래! 너희들 말이 맞
아. 사람만이 이 세상의 주인이 아니지.

참새들 (반가워서) 오! 아저씨!

참새 2 드디어 생각을 찾으셨군요.

참새 1   축하해요, 허수아비 아저씨!

허수아비   (머리를 만지며) 이제야 머리가 좀 맑아지는 것 같아.

참새 3   너무도 잘됐어요. 스스로의 생각에 따라 행동하는 게 최고라고요.

허수아비   그래. 여태까지 난 참 바보짓만 했군. 생각 없이 주인 영감님 시키는 대로만 했으니……

참새 2   그게 뭐 아저씨 잘못인가요? 이기심 많은 인간들 때문이지.

허수아비   아냐, 내가 어리석었기 때문이야. 이제 생각을 깊게 하며 내 뜻대로 살아가겠어.

참새 1   야! 아저씨 정말 멋지세요.

허수아비   (헛기침을 두어 번 하고는) 그래서 말인데……. (손으로 참새들을 가까이로 부른다.)

참새들   (궁금한 듯) 뭔데요?

  참새들이 허수아비 가까이로 다가가자, 갑자기 허수아비가 참새들을 와락 붙잡는다.

허수아비   (무서운 목소리로) 이 녀석들! 너희들을 몽땅 잡아서 참새구일 해 먹을 테다.

참새 3   (무서움에 떨며) 으아악! 아저씨, 왜, 왜 이러세요?

참새 2   사, 살려 주세요.

참새 1   이럴 수는 없는 거라구요.

허수아비   (참새들을 놓고 껄껄 웃으며) 하하하! 농담이야,
농담! 장난으로 해 본 소리지.

참새 1   에이! 깜짝 놀랐잖아요.

참새 2   (손바닥으로 가슴을 쓸며) 휴! 간 떨어질 뻔했잖
아요.

참새 3   (두 손으로 가슴을 싸안으며) 아무래도 난 간이
떨어진 것 같애.

허수아비   하하하, 원, 녀석들! 자, 이제 마음껏 낱알을 쪼

아먹어라. 원래 자연에는 주인이 없지. 먹을 것
을 앞에 두고 굶주린대서야 되겠니?

참새들　　(좋아서) 야!

　참새들이 즐겁게 조잘대며 부지런히 낟알을 쪼아 먹는
다. 그 주위로 허수아비가 덩실덩실 춤을 추며 돌아가고,
이윽고 참새들도 함께 어울려 어깨동무를 한 채 빙글빙글
돌며 신나게 노래부른다.

허수아비, 참새들　　(노래)

　　　　난 이제 허수아비가 아냐

　　　　그래요, 당신은 이제 허수아비가 아니에요

　　　　아냐, 아냐, 그래도 난 허수아비야

　　　　맞아요, 여전히 당신은 허수아비죠

　　　　머리는 깊은 생각으로 가득 차 있고 가슴엔 따뜻

　　　　한 사랑이 넘치는 허수아비죠

　　　　세상이란 같이 어울려 살아가는 곳

　　　　이기심을 버리고 서로 함께

　　　　이해하며 즐겁게 살아가요

　막이 닫힌다.

파락호 김용환

▶ 때 : 해방 전후

▶ 곳 : 집, 거리

▶ 나오는 사람들 : 김용환, 딸, 아내, 순사, 앞잡이, 마을사람 1, 마을사람 2, 마을사람 3, 친구 1, 친구 2, 어른 1, 어른 2, 어른 3, 그 외 사람들

▶ 무대 : 고택의 마당이다. 마당가에 감나무가 한 그루 서 있고 장독대도 보인다.

1

막이 열리면 마당에 이웃 사람들이 몇 명 들어서서 웅성거리는 가운데 김용환의 아내가 통곡을 하고 있다.

아 내 (손바닥으로 땅을 치며) 아이고! 이 무슨 변괴더냐! 세상에 세전 종답 십팔만 평을 야금야금 노름으로 다 날리더니, 이번엔 종택까지 노름빚으로 넘긴다는 게 대체 웬말이란 말이오? 어흐흐흑! 아이고, 흑흑!

딸 (어머니를 붙들어 일으키며) 어머니, 제발 고정하세요. 이런다고 일이 해결되는 것도 아니잖아요?

아 내 (눈물을 훔치며) 내가 지금 고정하게 생겼느냐? 너희 아버지란 자 말이다, 아무리 막돼먹은 위인이라 해도 대대로 내려오는 종택을 또 노름으로 날리다니, 무슨 이런 사람이 있느냐?

딸 어머니…… 흑흑!

마을 사람들 서로 마주 보고 눈짓하며 귓속말을 주고받는다. 그때 사람들을 헤치고 문중 어른들이 한 무리 황급히 들어온다.

어른 1   (버럭 고함을 지르며) 대체 이게 무슨 날벼락 같은 소리더냐? 종택을 뭐 어쨌다고? 또 노름빚에 넘겨?

어른 2   쌍놈도 이런 짓은 아니 하거늘, 하물며 양반 집안의 종손이란 자가 종택을 수시로 팔아먹다니 이 무슨 해괴한 일인가?

어른 3   쯧쯧쯧쯧! 우리 학봉문중도 이제 망조가 들었구먼, 망조가 들었어.

어른 1   그래, 그 알량한 장손이란 놈은 어디 있느냐? 썩 나오지 못할까!

어른 2   제 놈도 낯짝이 있지 무슨 염치로 여기 나타나겠소?

어른 3   흥! 염치를 아는 놈이라면 또 이런 짓을 해? 대체 이번이 몇 번째냔 말이야.

아 내   (머리를 조아리며) 면목 없습니다, 작은아버님.

어른 2   어흠! 흠! 대체 아녀자가 집안에서 내조를 어떻게 하기에 그놈이 이런 개망나니짓을 하고 돌아다닌단 말인가?

어른 1   대체 집에 있는가, 없는가?

딸   (기어들어 가는 목소리로) 엊저녁에 나가서 아직 들어오지 않았습니다.

어른 3   허! 참. 그래 놓고 또 어디 노름판에서 뒹굴고 있는 모양이구먼. 천하에 못된 놈!

이때 용환과 몇 명의 친구들이 밖에서 안의 분위기를 살피고 있다.

친구 1 (심각하게) 이거 분위기가 영 심상치 않네.

친구 2 아무래도 우리가 좀 지나쳤나 보네. 종택까지 파는 건 아닌데…….

용 환 그런 말 말게. 지금 그런 사사로운 정에 연연할 땐가?

친구 2 아무리 그렇다고는 해도…….

용 환 자네들은 걱정 말고 어서 떠나게. 이곳 일은 내게 맡기고.

친구 1 (결심한 듯) 그럼 우린 가겠네.

친구 2 뒷일을 부탁하네.

용 환 부디 몸조심하게.

세 사람이 손을 굳게 잡는다. 친구들이 떠나자, 용환은 품에서 술병을 꺼내 옷에다 이리저리 뿌리고 한 모금 마신 후에 마당으로 들어선다.

용 환 (비틀거리며) 이 풍진 세상을 만났으니 너의 희망이 무엇이냐— 부귀와 영화를 누렸으면— (그러다가 문중 어른들을 발견하고) 아이고! 종조할아버지, 작은아버지 오셨구먼요. 아저씨도 오시구요.

어른 3 (코를 싸쥐며) 크! 술 냄새.

용 환 (술병을 들어 보이며) 헤헤헤헤! 한잔했습죠. 근
자에 골치 아픈 일이 좀 있어서…….

어른 2 쯧쯧쯧쯧! 이제 술주정까지 하는구먼.

어른 1 (화를 참지 못하고 고함을 지른다.) 용환이 네 이놈!

용 환 아이구, 종조할아버지. 웬 고함을 그렇게나 지르
십니까? 저 아직 귀 안 먹었습니다.

딸 (용환을 붙들고) 아버지, 어서 잘못했다고 비세
요. 조금 전에 빚쟁이가 집문서를 가지고 와서 이
집을 비우라고 통보하고 갔어요.

아 내 세상에! 여보, 부끄럽지도 않소? 우리야 길거리
에 나앉는다 치더라도 이 종택까지 팔아먹고 나
중에 지하에 계신 선조들을 무슨 낯으로 뵈려고
이러시오?

용 환 (괴로운 듯) 으흐! 종택…….

어른 1 (고개를 돌리며) 으흠! 천하에 고얀 놈!

어른 2 완전히 파락호일세, 파락호야.

어른 3 쯧쯧! 우리 학봉종가도 이로써 막을 내리는구먼.

용 환 (갑자기 무릎을 꿇고 엎드리며) 아이고, 문중 어
르신들. 제가 또 죽을죄를 지었습니다. 종택이
팔려 학봉종가가 막을 내린대서야 되겠습니까?

다시는 노름 안 할 테니 한 번만 더 종택을 찾아
주십시오. (손을 싹싹 빌며) 이렇게 빕니다.

어른 2   (싸늘하게) 흥! 벌써 이게 몇 번짼가?

어른 3   비굴하기가 이제 거지 밥 빌어먹듯 하는군.

어른 1   쯧쯧쯧! 저런 녀석이 학봉종가의 십삼대 종손이
라니…….

딸   (아버지를 끌어안으며) 아버지! 흐흐흑! 아버지!

아 내   (털썩 주저앉으며) 아이고 남세스러워라. 저런 사
람을 남편이라고 믿고 여태껏 살았다니…….

용 환   미안하오, 여보. 정말 미안하오.

한바탕 소동이 벌어지는 가운데 무대 차츰 어두워진다.

2

무대 다시 밝아지면 느티나무 아래에서 마을 사람들이
모여 이야기를 나누고 있다.

마을사람 1   소문 들었는가? 학봉종택 새로 찾은 얘기.

마을사람 2   들었지. 이번에도 문중 사람들이 십시일반으로
돈을 모아 종택을 찾아 주었다며? 벌써 이게 몇 번
짼가?

마을사람 3 세 번째지 아마? 지난번에 종답 십팔만 평을 야 금야금 노름빚으로 팔아넘길 때마다 찾아 준 건 또 어떻고?

마을사람 1 허! 참. 학봉문중 사람들도 할 짓이 아니구먼.

마을사람 2 어쩌겠나, 그럼. 종택이 바로 문중의 구심체인 걸.

마을사람 3 암! 종택이며 종손이 있어야 문중이 있는 것 아니겠나? 그러니 아무리 가슴이 쓰리고 괘씸해 도 또 종택을 찾아 줄 수밖에.

마을사람 1 흐흐흐! 그런 파락호가 우리 문중에서 안 나오 기 천만다행이지.

마을사람 2 다행이고말고! 안 그래도 왜놈들 등쌀에 죽을 판인데 그런 것까지 애먹이면 우린 정말 못 살지.

마을사람 3 용환이 그 사람, 젊을 때는 안 그랬는데 어쩌 다가 그렇게 타락해 버렸을까?

마을사람 2 그래. 참 착실하고 믿음직한 젊은이였는데.

마을사람 1 그 집 어른이 돌아가신 다음부터 그렇게 변했 지, 아마?

마을사람 2 그렇지. 선대인은 그때 왜놈에게 수모를 당하 고 그길로 돌아가셨잖은가.

마을사람 3 쯧쯧쯧! 선대인께서 지하에서 얼마나 비통해 하실꼬!

마을사람 1 못자리를 잘못 썼을까? 저런 파락호가 나온 걸 보면…….

마을사람 2 (갑자기 손가락을 입에 대며) 쉬잇! 저 녀석이
또 나타났어.

마을사람 3 저 독사 같은 놈이 무슨 일로 왔지?

칼을 찬 일본 순사와 조선인 앞잡이가 거들먹거리며 등
장하자, 마을 사람들 슬금슬금 흩어진다.

순 사 (날카롭게) 이봐, 모두 거기 서. 대체 무슨 이야
기를 하고 있었지? 우리 천황폐하를 욕한 것 아
냐?

마을사람 1 (돌아서며) 우린 농사일에 대해서 이야기를 나
눈 것뿐이오.

마을사람 2 그렇소. 모내기를 서로 품앗이로 하자고…….

순 사 흐음! 품앗이라. 그 품앗이란 것 말이야, 다마우찌.

다마우찌(앞잡이) 하이! 요오넨상!

순 사 그 품앗이란 게 혹시 불량선인조직 아냐?

앞잡이 하! 불량선인조직은 아니고 농사철에 이웃끼리
서로 힘든 일을 거들어 주면서…….

순 사 요오시(좋다)! 그건 그렇고, 이 마을에 만주독립
군에게 군자금을 보내는 불량선인이 있다는 첩보
를 입수했다. 당신들은 알지? 바른대로 대라.

마을사람 3　우린 모르오.

마을사람 2　우린 땅이나 파먹고 사는 무지렁이들이오.

마을사람 1　(단호하게) 우리 마을엔 그런 사람이 없소.

　그때 용환이 저쪽 골목에서 나와 지나간다. 뒷모습을 유심히 바라보던 순사가 앞잡이에게 묻는다.

순　사　저자가 누구야?

앞잡이　아, 예. 이히히힛! (가까스로 웃음을 참고) 저자가 바로 용환입니다요, 노름꾼 김용환.

순　사　뭐? 노름꾼?

앞잡이　소문 못 들으셨습니까? 종택을 노름빚으로 날린…… 완전히 파락호죠.

순　사　(알겠다는 듯 고개를 끄덕이며) 옳아, 들은 적이 있지. 종답 십팔만 평도 노름으로 다 날린 학봉종가의 종손.

앞잡이　예. 완전히 노름에 미친 인간이죠. 안동 인근의 큰 노름판에서 그가 빠지는 법이 없답니다요.

순　사　그래? 요주의 인물은 아니란 말이지?

앞잡이　(우습다는 듯) 흐흐히힛! 요주의 인물이라뇨? 저런 쓰레기 같은 인간은 상대할 가치도 없죠.

순　사　(마을 사람을 보고) 그 말이 사실인가?

마을사람 1 (앞잡이를 노려보며) 주둥아리 함부로 놀리지
　　　　　　 마라. 아무리 파락호라고 해도 네놈보다는 나아.

마을사람 3 네놈이 용환이 노름하는 데 보태 준 것 있어?
　　　　　　 있어?

앞잡이 　(당황해서) 이, 이, 이자들이……

순　사 　그만! 그만! 자, 돌아가자.

앞잡이 　하이!

순　사 　(마을 사람들에게) 수상한 자를 발견하면 신고하
　　　　　 는 것 잊지 마라. 그러지 않았다간 치도곤을 당할
　　　　　 테니……

　순사와 앞잡이가 돌아가는 모습을 마을 사람들이 지켜보
는 가운데 무대 어두워진다.

3

　무대 밝아지면 용환의 아내가 장독대 위에 정화수 한 그
릇을 떠 놓고 빌고 있다.

아　내 　(두 손 모아 빌며) 천지신명이시여! 노름에 미친
　　　　　 우리 대주, 제발 정신 차려 다시는 노름판에 기웃
　　　　　 거리지 않도록 보살펴 주옵소서! 비나이다. 비나

이다. 천지신명께 간절히 비나이다.

딸 (나오다가 어머니를 발견하고) 어머니! 날씨도 찬데 또 그러고 계세요? 감기 들면 어쩌려고…….

아 내 (돌아서며) 휴! 너 보기 부끄럽다. 친정이라고 와야 무슨 좋은 일이 있나…….

딸 어머니, 그런 말씀 마세요. 아버지도 이제 마음 잡으실 거예요.

아 내 그러면 오죽 좋겠냐만, 영 믿음이 안 간다.

딸 (어머니를 부축하며) 추운데 어서 들어가세요.

아 내 그러자꾸나.

몇 발짝 떼어놓다가 생각난 듯 걸음을 멈추고 딸을 바라본다.

아 내 오늘은 분명 장롱을 사오시겠다고 약속하셨지?

딸 예. 아침에 나가실 때 오늘은 꼭 사오마고 제게 다짐을 하셨습니다.

아 내 그냥이라도 사서 보내야 할 터인데, 돈까지 받아와서 차일피일 미루니 사돈댁에 영 면목이 없구나.

딸 시댁에서도 친정집 사정을 잘 아시니 너무 나무라진 않으실 거예요.

아 내 아무튼 오늘은 사와야 할 텐데…….

어머니를 방에 모셔다 드리고 딸이 혼자 마당에 나와 달을 바라보며 선다.

딸 우리 아버지, 어쩌다가 그리 되셨을까? 자상하고 성실한 분이셨는데…… (달을 보고 간절히 기원한다.) 달님! 우리 아버지, 마음을 고쳐 잡수시고 새사람이 되게 도와주십시오. 간절히 비옵니다.

이때 문 밖에서는 용환이 친구들과 긴한 이야기를 나누고 있다.

용 환 (주위를 살피며 작은 소리로) 그곳 사정은 좀 어떤가?

친구 1 덕분에 일이 계획대로 잘 추진되고 있네.

친구 2 지난번 자금으로 최신식 소총 삼백오십 정과 수류탄 팔백 개를 구입했지.

용 환 (감격해서) 오오! 드디어 우리도 이제 무장을 했구먼.

친구 1 그렇다네. 이게 다 자네 덕분이지.

친구 2 선생님께서도 자네에게 특별히 고맙다는 말씀을 몇 번이고 전하셨네.

용 환 내게 고맙다니! 이역만리에서 고생하시는 선생님

과 자네들이 언제나 고마울 뿐이지.

친구 1 (품에서 봉투를 꺼내 들며) 그런데 이건 아무래도 가져가기가 좀…….

친구 2 그렇네. 이 돈이 어떤 돈인가? 자네 딸이 시댁에서 받아 온 장롱 값 아닌가?

친구 1 아무래도 이건 도리가 아닐세.

용 환 (친구들을 밀며) 어서 가져가게. 지금 한푼이 아쉬운 터인데 소소한 인정에 끌려 큰일을 그르치려는가?

친구 2 (결심한 듯) 자네 뜻이 꼭 그렇다면!

친구 1 그럼…….

친구들, 손을 맞잡은 후 말없이 고개를 끄덕이고 급히 어둠 속으로 사라진다.

딸 우리 아버지는 어디쯤 오실까? 달은 밝다만 장롱을 지고 오시기 몹시 무거우실 텐데…….

용 환 (마당으로 들어서려다 주춤하며) 아아! 오늘 또 저 아이를 어찌 볼꼬. 가여운 내 딸! 앞으로 시집살이를 잘 견뎌 낼 수 있을까?

인기척에 딸이 밖을 내다보고 묻는다.

딸	아버지세요?
용 환	(성큼 들어서며) 오, 그래. 밖에 나와 있었느냐?
딸	예, 아버지. 그런데 장롱은요?
용 환	으응, 그게 저…… 그만 그렇게 됐다. 미안하구나.
딸	아이고, 아버지. 그렇게 다짐하시고선 또 못 사 오시다니…… 그럼 내일 사오실 건가요?
용 환	으응, 아, 아니, 솔직히 이야기하마. 그 돈 날려 버렸다.
딸	(놀란 목소리로) 날리다니요? 설마 그걸 또 노름 으로……?

안에서 아내가 허겁지겁 달려나오며 소리친다.

아 내	(발악하듯) 이게 무슨 소리요? 장롱 살 돈을 노름 으로 날리다니, 이러고도 당신이 사람이오? 애비 요? 어찌 인두겁을 쓰고 그런 짓을 한단 말이오?
용 환	(고개를 푹 숙이며) 내가 죽일 놈이오.
아 내	(땅바닥에 털썩 주저앉으며) 아이고! 이번에는 믿 었건만, 믿은 내가 어리석지. 개꼬리 삼 년을 묵 혀도 황모 못 된다는 말을 왜 진작 생각 못 했던고.
딸	(함께 엎드려) 어머니, 흑흑! 어찌 이런 일 이…….

용 환   (묵묵히 내려다보고 있다가) 할머니 쓰시던 오동
나무 장롱을 가져가거라. 좀 낡긴 해도 아직 쓸
만하느니…….

아 내   (앙칼진 목소리로) 그걸 말이라고 하는거욧!

무대 서서히 어두워진다.

4

무대 다시 밝아지면, 태극기 물결 속에 시민들이 목이 터
져라 만세를 부르고 광복절 노래가 온 거리에 울려 퍼진다.

사람들   만세! 만세! 만세! 대한 독립 만세!

마을사람 1   (친구들을 붙들고) 이런 날이 오다니! 분명 이
게 꿈은 아니겠지?

마을사람 2   (친구의 볼을 꼬집으며) 어떤가? 아픈가? 꿈인
가?

마을사람 1   아야야! 아닐세. 꿈이 아니야. 분명 생시일세.

마을사람 3   (덩실덩실 춤을 추며) 으흐흐! 얼마나 좋냐! 이
런 날이 내 꼭 올 줄 알았지.

마을사람 1   이게 다 목숨을 걸고 투쟁하신 독립투사들 덕
분 아니겠나?

마을사람 3 그렇고말고.

마을사람 2 아, 저기 오네. 엊그제 귀국했다던 우리 독립군
들 행렬이야.

마을사람 1 (감격해서) 오! 저 늠름하고 믿음직한 모습!

사람들 만세! 만세! 대한 독립 만세! 대한 독립군 만세!

온 사람들이 태극기를 흔들고 만세를 부르며 독립군의
귀국을 환영한다. 환영 인파 속에 용환도 끼어 있다.

마을사람 1 (용환을 멀리서 발견하고) 저기 보게. 저기 용
환이 아닌가?

마을사람 2 그렇군. 열렬히 독립군을 반기는데? 독립군들
앞에서 부끄럽지도 않을까?

마을사람 3 부끄러움을 아는 자라면 그런 생활을 했겠는
가?

마을사람 1 (고개를 끄덕이며) 그래도 친일 앞잡이보다는
백 배 낫네.

마을사람 2, 3 (동시에) 그야 물론이지.

사람들 만세! 대한 독립 만세! 독립군 만세!

환호와 만세 소리 계속되다가 차츰 사그라지며 무대 어
두워진다.

5

세월이 흘러가는 음악 소리 잠시 흐르다가 무대 밝아지면, 용환이 누워 있는 방이다. 아내와 딸이 그 옆을 지키고 있다.

딸   (약사발을 들고) 아버지, 제발 한 모금만 드세요. 약을 드셔야 어서 회복하지요.

용 환   (고개를 저으며) 소용없는 짓이다. 이미…… 내가 안다.

아 내   여보! 쓸데없는 고집으로 마지막까지 가족들 애간장을 태우시는구려.

용 환   미안하오, 여보. 못난 남편 만나…….

아 내   (눈물을 삼키며) 흑!

용 환   (딸을 보고) 애야, 이 애비를 용서해라. 그때 그 장롱…… 얼마나…… 어린 가슴에…….

딸   (눈물을 글썽이며) 아버지! 전 이미 모든 걸 다 잊었습니다. 그러니 아버지도 그 일은 다 잊으세요.

용 환   (희미하게) 고맙다.

그때 밖에서 친구들 두어 명이 황급히 들어오고, 아내와 딸은 목례를 한 후 나간다.

친구 1 여보게, 용환이! 대체 이게 어찌 된 일인가?

친구 2 좀 차도가 있다더니 갑자기 왜 이러는가?

용 환 (희미한 미소를 띠며) 이제 갈 때가 되었네.

친구 1 가나니. 해방된 조국에서 자유롭게 한번 살아 봐야지.

친구 2 이게 다 자네의 공으로 이룬 광복의 세상 아닌가?

용 환 (숨을 헐떡이며) 광복을 보고 가니…… 아무…… 여한이 없네.

친구 2 (용환의 손을 잡으며) 그리고 용환이, 이제 자네의 행적을 가족들에게는 털어놔도 되지 않겠나? 어찌 사람이 이리도 모진가?

용 환 (고개를 저으며) 선비가 뜻을 세워 한평생 소신껏 살았으면 됐지…… 무슨 해명을 하겠는가?

친구 1 자네도 참, 어지간하이.

용환이 희미한 미소를 띠는가 싶더니 힘없이 고개를 떨구고 만다.

친구들 (다급하게) 용환이! 이 사람 용환이! 정신 차리게.

딸과 아내가 뛰어 들어오며 소리친다.

딸   (격앙되게) 아버지!

아 내   여보!

가족과 친구들의 울부짖음 속에 막이 닫힌다.

* **김용환** : 학봉 김성일의 13대 종손. 파락호라는 비난을 받으면
　　　　　서도 노름꾼으로 위장하여 전 재산을 만주의 독립군
　　　　　자금으로 보낸 애국지사. 가족에게까지도 그 사실을
　　　　　숨겨 해방된 지 50년이 지난 1995년에야 모든 사실
　　　　　이 밝혀져 건국훈장 애족장이 추서됨. 안동독립운동
　　　　　기념관에 그의 일대기가 전시되어 있음.

* **파락호** : 양반집 자손으로서 집안의 재산을 몽땅 털어먹는 난
　　　　　봉꾼.

흥부가 기가 막혀

▶ 때 : 겨울

▶ 곳 : 놀부네 마당

▶ 나오는 사람들 : 흥부, 놀부, 마당쇠, 흥부아내, 놀부아내

막이 열리면 마당쇠가 마당을 쓸고 있다.

놀　부　(헐레벌떡 뛰어 들어오며 고함을 지른다.) 이놈,
　　　　흥부야! 흥부야!

마당쇠　아이고, 영감마님. 뭔 고함을 교양 없이 그렇게
　　　　나 크게 지른다요잉. 간 떨어지게시리.

놀　부　내 교양 없는 건 세상이 다 아는 일이고. 그래,
　　　　마당쇠야. 흥부 이놈 어디 있느냐? 오늘은 꼭 과
　　　　수원 감나무 가지치기를 끝마치라고 내가 그렇게
　　　　신신당부 했거늘, 또 어디 가서 대낮부터 술이나
　　　　퍼마시고 있는 모양이로구나. 내 이놈을 오늘은
　　　　그냥 두지 않을 것이다. 이놈을 당장, 당장 쫓아
　　　　내야지.

이때 흥부, 술이 곤드레가 되어 술병을 들고 들어온다.

흥　부　비 내리는 호남선— 남행열차에— 흔들리는 차창
　　　　너머로— 커, 취한다. 이렇게 좋은 날에 감나무 가
　　　　지치기를 하라고? 흥! 내가, 이 흥부가! 그래, 그까
　　　　짓 가지치기나 하고 있을 것 같애? (술병을 들어
　　　　꿀꺽꿀꺽 들이마시고는) 카! 술맛 좋다. 나는 말이
　　　　지, 술이 좋고 빈둥빈둥 노는 것이 좋다 이거야.

놀   부   (흥부 노는 꼴을 지켜보고 있다가) 잘 논다, 잘
         놀아. 흥부 네 이놈!

흥   부   (약간 놀라며) 아이구 깜짝이야! 형님 나오셨는기
         라우?

놀   부   그래, 나왔다. 뭐가 어쩌고 어째? 술이 좋고 노는
         것이 좋아? 이놈아, 누구는 술 마실 줄 모르고 놀
         줄 몰라서 안 노는 줄 아느냐? 네놈같이 게을러
         빠져서야 이 어려운 세상에 무슨 일을 해 먹고 살
         아가겠느냐? 말 좀 해 봐라, 이놈아!

흥   부   (능청스럽게) 형님요, 뭘 그렇게 화를 내고 그러
         시는교. 아, 일이라는 건 오늘 못하면 내일 하면
         되고, 내일 못하면 또 모레 하면 되는 것 아닌교.
         쇠털같이 많은 날에 도대체 바쁠 게 뭐 있겠는교?

놀   부   (주먹으로 가슴을 치며) 아이구 속터져! 아이구 속
         터져! 이놈 말하는 것 좀 보게. 터진 입이라고 잘
         도 지껄이는구나. 이런 사정도 모르고 세상 사람
         들은 그저 저놈 흥부만 착하다고 하고 이 놀부는
         천하에 못된 놈으로 생각하고 있으니, 그래, 이렇
         게 원통할 데가 어디 있겠소, 여러분? (관중을 보
         고 하소연한다.)

마당쇠   (도저히 못 참겠다는 듯이 한 발 나서며) 흥부 서
         방님! 어서 영감마님께 잘못했다고 빌고 다시는

대낮부터 술 안 마시겠다고 하시요잉! 내가 봐도 참말로 너무하구먼.

흥 부 (마당쇠에게 삿대질을 하며) 떽! 마당쇠 네놈이 뭘 안다고 지껄이노! (다시 놀부를 향하여) 보이소, 형님요. 너무 구박하지 마시요잉! 내가 지금은 이리 형편이 어려워도 제비 다리 하나만 딱 고쳐 주었다 하면, 제비가 박씨를 딱 물고 와서 그걸 심었다 하면, 그냥 박이 주렁주렁 주렁주렁…….

놀 부 (담뱃대로 흥부의 머리를 치며) 에라이, 이 쓸개 빠진 녀석 같으니라고. 열심히 일해서 잘살 생각은 안 하고 허황된 공짜나 바라는 이 한심한 놈! 그동안 그래도 형제간의 정리를 생각해서 웬만하면 같이 살려고 했는데 이제 더는 못 참겠다. 당장 나가거라! 어서! (호통을 친다.)

흥 부 (깜짝 놀라며) 아이구, 형님! 나가라니요. 설마 농담이시겠죠? 제가 집이 있습니껴, 돈이 있습니껴. 형님 집이 바로 내 집인데 나가기는 어디로 나가겠습니껴? 함부래 그런 말씀 아예 하지도 마시시요잉!

놀 부 듣기 싫다! 이놈아! 네가 어디로 가건 그건 내가 알 바 아니다. 어서 냉큼 나가거라.

흥 부 (사정하듯) 형님. 개도 나갈 구멍을 보고 쫓으라

했는데 참말로 너무합니다요. 형님과 저는 피를 나눈 형제 아닌교. 형제간에 어쩌면 이렇게도 매정할 수가 있단 말입니껴?

놀 부 그래, 말 잘했다. 이놈아, 너도 양심이 있으면 한 번 생각해 봐라. 아버님이 남긴 유산, 네나 내나 똑같이 나누어 가지고선, 되지도 않는 사업한답시고 거들먹거리다가 일 년도 안 돼 재산 다 날리고 들어와서는 빈둥거리며 지낸 지가 어언 삼 년이 넘었지 않았느냐? 그런데 아직도 정신 못 차리고 밤낮없이 술이나 퍼마시며 허황된 망상이나 하고 있으니, 그러고도 네놈이 할 말이 있어? 말해 봐라, 이놈아!

흥 부 (풀죽은 목소리로) 그야 뭐, 사업을 하다 보면 망하는 수도 있는기고…… (그러다가 불만스럽게) 형님이 그때 논 세 마지기만 더 팔아서 보태 주시기만 했더라도 부도가 안 날 수도 있었는기라요.

놀 부 (기가 막히다는 듯이) 오냐, 이놈아. 더 말해 봤자 내 입만 아플 뿐이다. 여러 말 하지 말고 냉큼 나가기나 해라.

그때 흥부아내 달려나온다.

흥부아내　아이고, 아주버님. 참말로 너무하시는구만요잉.
본래 이이가 좀 게으르고 술을 좋아해서 그렇지,
춤 잘 추고 노래 잘하는 멋쟁이당께요. 제발 나가
라는 말씀은 하지 마시시요잉!

놀　부　(흥부아내를 흘겨보며) 제수씨도 그래요. 남편이
란 자가 허황되고 게을러서 빈둥거리면 아내라도
알뜰히 집에서 살림을 살아야 될 텐데, 날마다 무
슨 동창회다 계모임이다 해 가며 싸돌아다니고 돈
은 생기는 대로 펑펑 다 써 버리니 어떻게 가난을
면하겠소? 나는 이제 일은 안 하고 허구한 날 술

이나 퍼마시며 노는 꼴 더 이상 못 보겠소! 나가서 실컷 같이 춤추고 노래 부르며 재미있게 한번 살아보슈! (홱 돌아선다.)

그러자 안쪽에서 놀부아내 걸어나온다.

놀부아내 여보, 영감! 참으세요, 좀. 이렇게 매서운 추위에 그 많은 아이들 데리고 어디로 가라고 자꾸 나가라고 하시는 거요. 고정하세요, 영감.

놀 부 (버럭 화를 내며) 할멈은 감싸지 말고 가만히 있어요. 내 오늘은 기어이 결판을 내고 말겠소. 네 이놈 흥부야! 무얼 하고 있느냐. 당장, 냉큼 나가지 못할까?

놀부아내 (사정하듯) 영감! 왜 이러시는 거요? 여태까지 잘 참으시고선. (그러다가 단호하게) 내쫓더라도 아이들은 안 돼요. 아이들이 무슨 죄가 있다고 이 추위에 거리로 내몬단 말이오? 안 돼요, 아이들은. 절대로!

놀 부 (잠시 생각하는 듯하다가) 아이들은 두고 너희 내외만 나가거라, 어서!

흥 부 (놀부 발아래 엎드리며 다리를 잡고 울먹인다.) 형님! 제발…….

놀　부　(발로 밀치며) 어서 나가거라, 이놈아!

홍부, 뒤로 벌렁 나자빠진다. 그러고는 힘없이 일어난다.

흥　부　(기가 막힌 듯) 아이고 형님! 그 말씀 참말이당가요?
　　　　(처량하게 노래를 부른다. 노래/육각수)
　　　　흥부가 기가 막혀, 흥부가 기가 막혀,
　　　　흥부가 기가 막혀, 흥부가 기가 막혀 ―
　　　　아이고 형님, 동생을 나가라고 하니
　　　　어느 곳으로 가오리오, 이 엄동 설한에.
　　　　어느 곳으로 가면 산단 말이오, 갈 곳이나 일러 주오.
　　　　지리산으로 가오리까, 묘향산으로 가오리까,
　　　　백이 숙제 주려 죽던 수양산으로 가오리까 ―

놀　부　아따, 이놈아. 내가 네 갈 곳까지 일러 주랴! 잔
　　　　소리 말고 썩 꺼져 뿌려라잉!

흥　부　(노래 계속된다.)
　　　　해지는 겨울 들녘 스며드는 바람에,
　　　　초라한 내 몸 하나 둘 곳 어데요.
　　　　어디로 ― 아 ― 이제 난 어디로 가나.
　　　　이제 떠나가는 지금 ― 어디로 ―
　　　　(흥부, 흐느끼듯 노래를 부르며 아내와 함께 걸어
　　　　나간다.)

흥부가 기가 막혀, 흥부가 기가 막혀,

흥부가 기가 막혀, 흥부가 기가 막혀,

흥부가 기가 막혀, 흥부가 기가 막혀— 으흐흐

흑—

놀부아내, 연신 손등으로 눈물을 훔치고 마당쇠는 멍청
히 먼 산만 바라보고 있다.

놀 부   (손을 휙 내저으며) 잘 가거라잉—

막이 닫힌다.

얼굴 없는 천사

▶ 때 : 연말

▶ 곳 : 동사무소

▶ 나오는 사람들 : 동장님, 동사무소 직원, 기자 1, 기자 2, 기자 3, 할머니, 종우, 도둑 1, 도둑 2, 행인, 빚쟁이들

▶ 무대 : 동사무소 앞마당에 사랑의 모금함이 있다.

1

막이 열리면 동장이 초조하게 벽시계를 올려다보며 마당을 이리저리 거닐고 있다.

동장님 (혼잣말로) 오늘도 안 오시려나? 벌써 여섯 시가 넘었는데…….

직　원 (안에서 나오며) 동장님, 추운데 그만 퇴근하시죠. 오늘 오시기는 글렀습니다.

동장님 (계속 바깥을 내다보며) 먼저 퇴근하세요. 난 좀 더 기다릴 테니까.

직　원 그럼 사무실 안에서 기다리시죠. 추운 바깥에서 이러시지 말고…….

동장님 (화를 내며) 아, 어떻게 그분을 안에서 기다린단 말이오? 그분이 어떤 분이란 걸 몰라서 그러오?

직　원 (머쓱해서) 아, 예. 그야 물론 그렇지만…… (돌아서 들어가며) 이거 참, 우리끼리 퇴근할 수도 없고…….

동장님 (손을 호호불며) 오실 거야, 반드시 오실 거야. 암! 오시고말고.

그때 카메라를 멘 기자들 서너 명이 우르르 몰려들어온다.

기자 1 (숨을 헐떡이며) 나, 나타났습니까, 동장님?

기자 2 아직 안 나타났나 보군요?

기자 3 언제 오겠다고 연락이라도 왔습니까?

동장님 (세 사람을 째려보며) 기자 양반들이 이렇게 떼로 몰려들어오는데 그분이 어떻게 나타나시겠소?

기자 1 (당황하며) 우, 우리가 뭘 어쨌다고요?

동장님 내가 미리 이야기하지 않았습니까? 카메라 들고 우르르 몰려들어오면 안 된다고.

기자 2 (다른 동료들을 돌아보며) 거봐. 내가 한 명씩 들어가자고 했지?

기자 3 짜식! 빨리 들어가자고 설친 게 누군데?

기자 1 그 양반도 참 별일이지. 나 같으면 떠억 나타나서 카메라 앞에서 사진도 찍고…….

기자 2 자랑스럽게 이름도 밝히고…….

기자 3 멋진 인터뷰도 하면서…… (목을 가다듬고는) 오! 모두 기다리고 계셨군요. 으흠! 흠! 나로 말할 것 같으면…….

동장님 (큰 소리로) 떽! 그분이 당신들 같은 줄 아슈?

기자 1 (찔끔하며) 그게 무슨 말씀?

동장님 당신들같이 세상에 이름이나 내려고 날뛰는 속물 인 줄 아느냐 말이오.

기자 2 우, 우리가 속물?

기자 3   (고개를 끄덕이며) 하긴, 우리야 속물이지.

동장님   (다소 미안한 듯) 아니 뭐, 꼭 기자 양반들이 속물이란 뜻은 아니고…… 고귀한 그분의 뜻을 세속적인 잣대로 재지 말라 이 말이외다.

기자 1   (카메라를 고쳐 메며) 알겠습니다, 동장님. 우리도 유난 떨지 않고 저쪽 구석에 숨어서 조용히 그분을 기다리겠습니다.

동장님   그러세요. 절대로 얼굴 내밀지 말고 꼭꼭 숨어 있으세요.

기자 2   그런데 금년에는 혹시 딴 데로 가는 건 아닐까요?

동장님   장담컨대 반드시 오십니다. 지난 구 년간처럼 우리 동으로요.

기자 1   (친구를 끌며) 야! 속물 같은 소리 하지 말고 어서 저쪽으로 가자니까.

기자 3   히힛! 속물이든 말든 오늘 특종만 하나 건졌다 하면……

안에서 직원이 동장님을 부른다.

직 원   동장님, 어떤 분이 동장님을 찾는데요?

동장님   (놀라며) 뭐요? 나를 찾는다고?

직 원   예, 꼭 동장님을 만나 봬야겠답니다.

동장님   그럼 혹시? (급히 들어간다.)

기자들   (서로 바라보며 동시에) 그 사람 아냐?

기자 2   맞아! 언제 안으로 들어갔지?

기자 3   (뛰어 들어가며) 오! 이런! 놓치면 안 돼.

기자 1   (뒤따라 뛰어 들어가며) 야! 특종을 너 혼자 잡을 거야?

기자 2   치사한 놈들! 니들끼리 다 해 먹어라.

모두 우르르 몰려들어가면 무대 어두워진다.

2

무대 다시 밝아지면 지팡이에 몸을 의지한 할머니와 손자 등장한다 손자의 손에 작은 가방 하나가 들려 있다.

종 우   할머니, 그냥 가지고 들어가서 저 마당의 사랑의 모금함 옆에 가방을 놓고 오면 안 돼요?

할머니   (단호하게) 안 된다. 그랬다간 기자들에게 들켜 사진을 찍고 난리가 날걸.

종 우   기자들에게 들키면 어때서요? 우리가 뭐 나쁜 일 하는 것도 아닌데.

할머니   (손자를 바라보며) 넌 이런 일로 우리 이름이 세상에 밝혀지는 게 좋니?

종　우　뭐, 나쁠 건 없잖아요? '얼굴 없는 천사 드디어 나타
나다!' 짠! 신문에 큼지막하게 사진도 나오고…….

할머니　글쎄…… 내 생각은 좀 다르단다.

종　우　'오른손이 하는 일을 왼손이 모르게 해라.' 또 그
말씀이시죠?

할머니　호호호호! 우리 종우가 이 할미 말을 잘도 기억하
고 있구나. 선행이란 반드시 그래야 한단다.

종　우　그래도 우리가 일부러 알리려는 것도 아니고
또…….

할머니　(손자의 말을 끊으며) 종우야, 할아버지께서 돌아
가시고 집안이 풍비박산 나던 때의 일을 너도 얘
기 들어서 알고 있지?

종　우　예, 알고말고요. 하시던 사업이 부도가 나면서
그 충격으로 할아버지께서 그만…….

할머니　그래. 그때가 벌써 삼십여 년 전의 일이구나. 네
애비가 꼭 너만한 나이 때였으니까.

종　우　그때 할머니랑 아빠, 고생 많이 하셨다고 했죠?

할머니　그때 고생이야 어찌 말로 다 할 수 있겠니? 집도
다 빚쟁이에게 넘어가고 그 추운 겨울에 우리 네
식구가 맨주먹으로 거리에 나앉았으니…… 네 아
빠, 삼촌, 고모랑 데리고…….

할머니가 지난날을 회상하듯 먼 곳을 바라보면 과거의 한 장면이 조명 속에 나타난다. 가방이랑 이불하며 이것저것 들고 나온 것을 빚쟁이들이 사정없이 빼앗으며 소리친다.

빚쟁이들 (들고 있는 물건들을 빼앗으며) 이건 왜 들고 나 가는 거야? 숟가락 한 개도 가져가지 말고 몸만 나가욧!

엄 마 (사정을 한다.) 제발 이 어린것들 오늘 밤 거리에 서 덮고 잘 이불만이라도 가져가게 해 주세요.

빚쟁이들 흥! 무슨 염치로 이불을 가져가겠다고. 당신 남편 이 내 돈 떼어먹은 게 얼만지나 알아요? (모든 걸 뺏어 들고 들어간다.)

아이들 (엄마에게 매달려 울부짖는다.) 엄마! 흐흐흑!

아이 1 엄마! 추워 죽겠어요.

아이 2 엄마! 배고파요.

아이 3 엄마! 이제 우리 어떻게 살아요?

엄 마 (아이들을 끌어안으며) 불쌍한 내 새끼들, 흑!

아이 1 엄마! 빨리 어디든지 가요, 네?

엄 마 (흐느끼며) 수중에 돈 한푼 없이 거리에 나앉았으 니…… 어디로 가야 하지?

가족이 추위에 떨며 갈 곳을 몰라 허둥댈 때, 이 모습을 유심히 바라보던 한 행인이 지갑에서 얼마간 돈을 꺼내 엄마 손에 쥐어 준다.

행 인   아주머니, 이 돈으로 일단 아이들 데리고 여관으로 가시죠. 추운데 거리를 헤매다간 아이들이 어찌 될지 모릅니다.

엄 마   (감격해서) 이렇게 고마울 데가…….

행 인   많지도 않은 돈입니다.

엄 마   (몇 번이고 허리를 굽히며) 감사합니다. 감사합니다. 이 은혜를 꼭 갚겠습니다. 연락처를 좀 알려 주시길…….

행 인   (손을 내저으며) 아, 아닙니다. 그럼 부디 기운을 잃지 마십시오.

엄 마   그럼 성함만이라도…….

행인이 손을 저으며 사라진 뒤에 대고 엄마가 몇 번이고 절을 한다. 음악 소리 경쾌해지며 다시 전체 조명이 된다.

할머니   (손수건으로 눈가를 누르며) 그 고마운 분 덕분에 우리 네 식구가 그날 밤 거리에서 얼어 죽는 걸 면할 수 있었지.

종 우   그랬군요. 어쩌면 그분이 바로 천사였는지도 모르겠네요.

할머니　그래. 천사였지. 이름도 모르는 천사…….

종 우　그래서 할머니께서도 그분에게서 받은 도움을 누군가에게 갚으려고 하시는 거군요?

할머니　바로 그렇단다. 사막에서 목말라 죽어 갈 때 건네준 물 반 컵의 은혜를 잊는다면 사람이 아니지.

종 우　(고개를 끄덕이며) 네!

할머니　지난 세월 말 못할 고생을 했다만, 먹고살 만하게 된 때부터 어려운 이웃을 돕기로 결심을 했단다.

종 우　세상에 얼굴 없는 천사로 알려진 게 벌써 십 년이나 되었지요?

할머니　그래. 네가 태어난 해부터니까 꼭 십 년째구나.

종 우　(할머니를 끌어안으며) 할머니, 할머니가 자랑스러워요.

할머니　원 녀석! 자랑스럽긴. 이 할미는 이웃으로부터 받은 은혜를 이웃에게 갚는 것뿐이란다.

종 우　(가방을 들어 보이며) 그런데 이걸 어떻게 아무도 모르게 전달하죠?

할머니　(저쪽을 살피다가) 옳지! 지금이야. 모두 안으로 들어가고 아무도 없어.

종 우　(기웃거리며) 그렇군요. 그럼 이걸 저 게시판 아래에 슬쩍…….

할머니　　빨리 갖다 놓고 와. 그럼 내가 동사무소에 전화를
　　　　　　걸 테니까.

종　우　　네!

종우가 가방을 들고 재빨리 뛰어나가면 무대 어두워진다.

3

　무대 밝아지면 두 도둑이 나무 뒤에 숨어서 주위를 살피
고 있다.

도둑 1　　(소곤거린다) 분명히 오늘 저녁에 올까?

도둑 2　　짜식이! 여태까지 내 말을 콧구멍으로 들은 거
　　　　　　야?

도둑 1　　아, 알긴 알겠는데, 그래도 꼭 오늘 저녁에 온다
　　　　　　고는 볼 수 없잖아?

도둑 2　　(호주머니에서 접은 신문 조각을 꺼내 보이며) 이
　　　　　　기사를 좀 봐. '구 년째 이어진 얼굴 없는 천사의
　　　　　　선행이 금년에도 이어질까? 십이 월의 마지막 날
　　　　　　인 오늘…… 국민 모두가 지대한 관심으로 기다
　　　　　　리고 있다.'

도둑 1　　호오! 그럼 금년이 십 년째라는 얘기네?

도둑 2   그렇지. 지난 구 년 동안 한 해도 안 거르고 기부를 해 왔는데 십 년째인 금년에 빠지겠어?

도둑 1   (고개를 끄덕이며) 거기다가 누구인지 신분도 밝히지 않는단 말이지?

도둑 2   안 밝히지. 절대로 안 밝히지.

도둑 1   햐! 멋있다.

도둑 2   멋있지? 나도 그런 멋진 사람이 되고 싶었는데…….

도둑 1   (머리를 꽁 쥐어박으며) 꿈 깨셔! 돈을 훔칠 궁리나 잘해 봐, 임마.

도둑 2   (머리를 만지며) 짜식이! 어릴 때는 나도 착한 어린이였다고…….

도둑 1   알아, 알아. 그런데 그동안 그 사람이 기부한 돈이 얼마래?

도둑 2   (다시 신문을 들여다보며) 음, 이백구십만 원, 사백삼십칠만 원, 삼백칠십삼만 원 등등 작년까지 모두 삼천이백칠십사만 원이군.

도둑 1   (놀라며) 우와! 그렇게 큰돈을!

도둑 2   (아쉬운 듯) 그 돈 우리한테 주었으면 좋았을 텐데…….

도둑 1   흥! 도둑놈 주제에 뻔뻔스럽기도 하셔.

도둑 2   (화를 내며) 너 자꾸 약 올릴래? 도둑놈이란 말 듣기 싫다고 했지?

도둑 1   아, 알았어, 도선생님.

도둑 2   쉿! 누가 오는 것 같애. 더 엎드려!

도둑 1   (더욱 작은 소리로) 그러니까 그 사람이 기부금을 몰래 갖다 놓을 때 우리가 재빨리 가로채자 이거지?

도둑 2   그래, 임마. 그 사람은 화단이나 나무 옆, 국기게양대 아래 등에 몰래 돈을 갖다 놓고 전화로 돈을 갖다 놓았다고 연락한대.

도둑 1   여태까지 모두 그랬어?

도둑 2   여태까지 모두 그랬대.

도둑 1   햐! 완전히 공공칠 작전이네.

도둑 2   공공칠 작전이지. 그러니까 우리도 작전이라 생각하고 날쌔게 그 돈을 빼앗아 내는 거야.

도둑 1   히힛! 좋았어. 작전의 성공을 위하여, 파이팅!

도둑 2   파이팅! (둘이서 손바닥을 짝 마주친다.)

도둑 1   (주위를 살피다가) 앗! 저기 한 녀석이 게시판 아래에 뭘 놓고 있어.

도둑 2   어디, 어디? (고개를 갸웃하며) 아이잖아?

도둑 1   아이면 어때? 우린 돈만 챙기면 되지.

도둑 2   그건 그래. 오! 하느님! 부처님! 산신령님! 감사합니다. 우리의 기도를 들어주셨군요.

도둑 1   서둘러, 짜샤!

둘이 급히 나무 뒤에서 나가면 어두워진다.

4

　다시 무대 밝아지고, 종우가 게시판 아래에 살그머니 가방을 놓고 나가면 도둑들이 급히 뛰어 들어온다. 그리고 도둑들이 막 가방을 집으려는 순간, 안에서 기자들과 동장님, 직원이 소리치며 우르르 몰려나온다.

도둑 1　(황급히 친구를 잡아끌며) 야! 어서 숨어!

도둑 2　(아쉬운 듯) 아! 돈 가방이 바로 눈앞인데…….

기자 1　(뛰어나오며 큰 소리로) 그분이다! 그분이 나타났어.

기자 2　게시판 아래라고 했어.

동장님　오! 감사합니다. 어김없이 금년에도 나타나셨군요.

기자 3　(사방을 두리번거리며) 분명 그분이 아직 이 근처 어디에 있을 거야. 방금 전화를 걸었잖아.

도둑 2　오! 내 돈! 내 돈! (벌떡 일어서며) 안 되겠어. 저 걸 그대로 빼앗길 순 없어.

도둑 1　(급히 친구를 끌어 앉히며) 짜샤! 지금 나갔다간 기자 녀석들의 카메라 플래시가 대낮처럼 터져 우리의 정체가 탄로 나고 말걸.

도둑 2　(가슴을 치며) 망태에 담은 고기를 놓치다니!

기자 1 (가방을 집어 들며) 가방을 찾았다!

기자 2 가방이 꽤 묵직해 보이는데?

동장님 오! 그분이 놓고 가신 가방이야.

기자 3 기부금이 얼마나 되는지 어서 열어 봐요.

기자들이 카메라 플래시를 터뜨리는 속에 동장님이 돈다발을 꺼낸다.

기자 1 햐! 현금 다발!

기자 2 고무줄로 단단히 묶었는데.

동장님 (돈다발을 센다.) 백만 원, 이백만 원, 삼백만 원, 사백만 원, 또…… 모두 사백육십이만 원!

기자들 (동시에) 사백육십이만 원!

도둑들 (서로 마주 보며) 사백육십이만 원이래!

동장님 (흥분을 감추지 못하고) 여기 돼지저금통도 하나 있소.

직 원 (저금통을 받아들며) 여기에 쪽지가 하나 붙어 있는데요?

모두들 뭐? 쪽지?

직 원 네, 이거…….

동장님 (쪽지를 냉큼 받아들며) 그분의 필적이야.

모두들 (흥분해서) 뭐라고 썼는지 어서 읽어 보세요.

동장님 (안경을 고쳐 쓰며) 으흠! 흠! 에…… 그럼 읽겠습니다.

모두들 읽으세요, 어서!

동장님 '이 돈은 제가 꼭 부자라서 보내는 것이 아닙니다. 지난 구 년처럼 금년에도 한 푼 두 푼 땀 흘려 모은 돈을 기부하는 것입니다. 꼭 삼십 년 전에 얼굴도 이름도 모르는 분으로부터 받은 은혜를 다시 세상에 돌려드리는 것이니, 목말라 죽어 가는 이웃에게 물 반 컵의 도움울 주시기 바랍니다.'

기자 1 오! 얼굴 없는 천사!

기자 2 맞아, 이분이 바로 천사야.

기자 3 (두 손을 번쩍 치켜들며) 얼굴 없는 천사 만세!

모두들 (따라서) 이름 모를 천사 만세!

　모두 흥분해서 만세를 부르면, 도둑들도 감격해서 벌떡 일어나 따라 만세를 부른다.

도둑 1 얼굴 없는 천사 만세!

도둑 2 만만세!

　다 같이 만세를 부르다가 좀 떨어진 곳에서 함께 만세를 부르는 두 도둑을 발견하고 모두 멈칫한다.

기자 1   (놀라며) 아니, 저 사람들은 누구지?

기자 2   누구지?

기자 3   혹시 저 사람들이 얼굴 없는 천사 아냐?

기자 1   (손뼉을 딱 치며) 맞아. 저분들이야. 저기 숨어서 우릴 지켜보셨나 봐.

동장님   오! 두 분을 어서 모셔요.

   동장님이 달려가고 기자들이 플래시를 터뜨리며 뛰어나가자, 두 도둑이 당황해서 어쩔 줄 모른다.

도둑 1   (손으로 얼굴을 가리며) 오! 안 돼! 안 돼!

도둑 2   (달아나며) 우린 아니에요, 절대로!

기자 1   제발 얼굴 좀 보여 주세요.

기자 2   사진 한 장만 찍읍시다.

기자 3   (연거푸 플래시를 터뜨리며) 이런! 모두 뒷모습뿐 이야.

동장님   (달아나는 뒤에 대고 애타게 부른다.) 천사님! 얼 굴 없는 천사님!

   멀리서 이 모습을 지켜보던 할머니와 종우, 서로 마주 보며 빙긋 웃는다. 경쾌한 음악 속에 막이 닫힌다.

크리스마스이브에 생긴 일

▶ 때 : 크리스마스이브

▶ 곳 : 지우네 집

▶ 나오는 사람들 : 지우, 영민, 할머니, 여인, 새양이, 엄마생쥐,
  아빠생쥐, 산타할아버지, 루돌프사슴

▶ 무대 : 거실 한편에 볼품없는 크리스마스트리가 하나 세워져 있다.

1

막이 열리면 멀리서 희미하게 캐럴이 들려오는 가운데, 지우와 영민이가 크리스마스트리를 장식하고 있다.

지 우   (치장을 끝내고는) 짠! 어때, 이 정도면 괜찮지?

영 민   (손뼉을 치며) 야, 멋져! 누나.

지 우   크리스마스트리가 별건가 뭐. 이러면 되지.

영 민   (들어가 양말을 들고 나오며) 누나, 이 양말 트리에 달아 줘.

지 우   호호호호! 얘, 그런 걸 왜 다니? 촌스럽게.

영 민   양말을 달아 놔야 산타할아버지가 선물을 넣어 주실 거 아냐?

지 우   (단호하게) 그런 거 필요 없어. 산타할아버지는 안 오실 거니까.

영 민   (울상이 되어) 왜 안 와? 올해는 꼭 올 거라고 그랬잖아?

지 우   올 줄 알았지. 그런데 안 올 거야.

영 민   (떼를 쓰며) 그런 게 어디 있어? 나 선물 꼭 받고 싶어.

지 우   (동생을 달래며) 쉿! 못 그치겠니? 할머니 나오시기 전에 그만, 뚝!

그때 허리가 구부정한 할머니, 안에서 나오신다.

할머니 (트리를 보고) 오호호! 제법이구나. 잘 꾸몄는데.

지 우 할머니, 크리스마스 기분이 좀 나시죠?

할머니 그렇구나. 어디서 이런 걸 구했니?

지 우 누가 대문 옆에 버렸더라구요. 아직은 쓸 만한데.

할머니 그래. (영민이를 보고) 그런데 영민이는 왜 이리
　　　　　볼이 부어 있누?

지 우 (황급히) 아, 아니에요. 괜히 그러는 거예요.

영 민 (안으로 탁탁 걸어 들어가며) 나 안 해. 몰라, 씨!

지 우 영민아! 영민아! (영민이를 부르며 따라 들어간다.)

할머니 (한숨을 쉬며) 쯧쯧! 불쌍한 것들…….

잠시 후 지우가 영민이를 데리고 나온다.

할머니 (영민이 손을 잡으며) 영민아, 고구마 삶은 것 주랴?

영 민 고구마 싫어요.

할머니 고구마가 왜 싫니? 고구마가 얼마나 맛있는데.

영 민 나 피자 먹고 싶어.

지 우 (놀라며) 뭐? 피, 피자라구?

영 민 그래, 피자!

지 우 호호호호! 할머니, 얘가 지금 제정신이 아닌가 봐요.

자선냄비 속에 들어간 물방울다이아

영 민   (씩씩거리며) 나 제정신이야, 뭐.

할머니   (영민이의 등을 쓰다듬으며) 그래, 그래. 제정신이 고말고. 이 할미가 다음에 꼭 피자 한번 사 주마.

영 민   (좋아서) 야! 정말이세요, 할머니?

할머니   그럼 정말이지. 약속하마.

지 우   할머니, 그런 말씀 마세요. 피자 한 판에 돈이 얼 만데…… 별 맛도 없더라구요.

영 민   누나는 괜히, 씨! 먹어 봤어? 먹어 보지도 않았으 면서 어떻게 알아?

지 우   안 먹어 봐도 알아. 그보다는 고구마가 훨씬 맛있어.

영 민   아냐! 피자가 맛있어.

할머니   자, 그만해라. 피자는 다음에 사 먹기로 하고, 오 늘은 고구마를 먹자꾸나. (고구마를 가지러 간다.)

지 우   (할머니를 붙들며) 할머니, 제가 가져올게요.

할머니   그러렴.

지우가 주방에서 고구마 바구니를 찾다가 깜짝 놀라 소 리친다.

지 우   으앗! 이게 뭐야? 쥐! 쥐다!

영 민   (놀라며) 뭐? 쥐라구? 쥐가 어디 있어?

지 우   저, 저, 저기! 쥐!

생쥐 한 마리가 고구마 한 개를 입에 물고 잽싸게 달려 나온다.

할머니   아니, 저 생쥐 녀석! 뭘 놓아둘 수가 없다니까. 어떻게 그걸 또 찾아냈지? (옆에 있는 빗자루를 집어 든다.)

영　민   (쥐를 쫓으며) 이 나쁜 녀석! 잡아라! 쥐 잡아라!

생쥐가 찍찍거리며 온 무대를 돌아다니고, 그 뒤를 세 사람이 쥐를 잡느라 부산하게 쫓아다니는 가운데 어두워진다.

2

무대 밝아지면 생쥐네 가족이다. 새앙이가 숨을 헐떡이며 뛰어 들어온다.

새앙이   헉! 헉! 아이 숨차. 엄마!

엄마생쥐   (놀라 새앙이를 안으며) 무슨 일이니, 새앙아? 왜 그러니?

새앙이   (숨을 몰아쉬며) 휴 ─ 이제 살았다. 엄마, 나 물 좀.

엄마생쥐   그래. 자, 물부터 마셔라. 또 야옹이를 만났구나.

새앙이   (물그릇을 내려놓으며) 그게 아니구요. 지우네 집에 갔다가…….

엄마생쥐   지우네 집에?

새앙이   예. (고구마를 들어 보이며) 지우네 집에서 이 고구마 한 개를 물고 나오다가 지우에게 들키는 바람에 혼이 난 거죠 뭐.

엄마생쥐   지우네 집에는 가지 말라고 하지 않던? 그 집에 뭐 먹을 게 있다고…….

새앙이   알죠. 그런데 지나가다가 하도 고소한 고구마 냄새가 나서 그만…….

그때, 음식을 한아름 안은 아빠생쥐가 새앙이를 부르며 나타난다.

아빠생쥐   자! 새앙아, 아빠가 맛있는 음식을 많이 가져왔다.

새앙이   (좋아 날뛰며) 와! 아빠, 이게 다 어디서 났어요? 밀크 빵에다가 초콜릿, 통닭, 우와! 이, 이건 피자 아니에요?

아빠생쥐   하하하! 그래, 피자다. 많이 먹으렴.

엄마생쥐   (덩달아 좋아하며) 어쩜, 당신! 재주도 좋아요.

새앙이   (볼이 미어지게 음식을 씹으며) 우리 아빠 최고예요, 최고!

아빠생쥐 (우쭐해서) 하긴 나만큼 민첩한 생쥐도 드물지.

엄마생쥐 (음식을 떼어 먹으며) 그런데 어느 집에서 잔치를 하던가요? 이 귀한 음식들이라니!

아빠생쥐 당신도 참! 오늘이 크리스마스이브 아니오. 집집마다 가족끼리 모여서 음식을 나누어 먹으며 성탄을 축하하느라 떠들썩하더군.

엄마생쥐 오! 산타할아버지가 아이들에게 선물을 주신다는 그 크리스마스 전날 밤이구려.

아빠생쥐 그렇지. 오늘은 집집마다 먹을 것이 지천으로 널렸어.

새앙이 아빠! 먹을 것이 그렇게나 많아요?

아빠생쥐 그럼. 그래도 집을 잘 골라 가야 한단다.

엄마생쥐 (고구마를 집어 들며) 그것도 모르고 새앙이는 이 고구마 한 개를 물고 오지 않았겠어요.

아빠생쥐 하하하! 식어 빠진 고구마 한 개라니! 대체 어느 집에서 오늘 같은 날 이걸 별미라고 먹던?

엄마생쥐 호호호호! 지우네 집에 갔다잖아요. 거긴 가지 말랬는데.

아빠생쥐 (버럭 화를 내며) 지우네 집엘 가다니! 그 집에는 가지 말라고 몇 번이나 말하지 않던?

새앙이 (몸을 움츠리며) 깜빡했어요, 아빠. 다신 안 갈게요.

엄마생쥐   내가 알아듣게 이야기했으니 그 정도 해 두세요.

아빠생쥐   지우네 집은 우리가 오히려 뭘 갖다줘야 할 집이
지. 착한 지우가 할머니 모시고 얼마나 고생하는
지 아니?

엄마생쥐   어린 동생도 하나 있잖아요. 이름이 뭐더라?

새앙이   영민이에요, 영민이. 아휴! 쪼그만 게 얼마나 날
뛰며 설쳐대는지…….

엄마생쥐   쯧쯧! 어린것들이 얼마나 엄마가 보고 싶을꼬!

아빠생쥐   모질고 독한 여자지. 어린것들 두고 떠난 지 올해
로 삼 년째네.

엄마생쥐   나름대로 사정이 있지 않겠어요?

아빠생쥐   사정은 무슨! 당신도 내가 죽으면 새앙이 두고 떠
나겠구려.

엄마생쥐   (펄쩍 뛰며) 어머머! 말도 안 돼. 어떻게 그런 말
을……. (새앙이를 끌어안는다.)

아빠생쥐   하하하! 농담이요, 농담.

새앙이   아이, 엄마! 숨막혀요.

엄마생쥐   우리 새앙이 없이는 내가 한시도 못 살지.

새앙이   (엄마 품속에서 빠져나오며) 그런데 엄마, 오늘
밤 산타할아버지가 어린이들에게 선물을 주시는
거예요?

엄마생쥐   그렇단다. 착한 어린이들에게만 선물을 주시지.

새앙이   그럼 지우랑 영민이도 선물을 받겠네. 착한 어린
          이들이잖아요?

엄마생쥐 그렇긴 한데…… 그건 왜 묻니?

새앙이   아까 들었는데, 지우가 동생에게 선물 같은 거 받
          을 생각 하지 말라고 이야기하더라구요. 그래
          서…….

엄마생쥐 지우가 그러든?

새앙이   네. 그 말에 영민이는 떼를 막 쓰고…….

엄마생쥐 (고개를 끄덕이며) 음! 그랬구나.

아빠생쥐 (혼잣말로) 산타할아버지가 선물을 가져와야 할
          텐데…….

   어디서 신나게 징글벨 소리 들려온다. 새앙이가 따라 부
르자, 모두 함께 부르면서 빙글빙글 춤추며 돌아가는 가운
데 무대 어두워진다.

3

   무대 밝아지면 산타할아버지와 루돌프사슴이 큰 선물 보
따리 하나씩을 둘러메고 등장한다.

산타할아버지 (보따리를 내려놓으며) 휴! 숨차. 나도 이제

늙었나 보다.

루돌프사슴 (보따리를 던지듯 내려놓으며) 에잇! 사슴 신세가 이게 뭐람.

산타할아버지 그러게 썰매를 좀 조심해서 끌지. 함부로 끌어 가지고 망가뜨려 놓고서는…….

루돌프사슴 (대들 듯이) 아, 빨리 가자고 재촉한 사람이 누군데요?

산타할아버지 아무리 그래도 그렇지. 눈인지 바윗돌인지 척 보면 몰라?

루돌프사슴 내 참! 말이 났으니 말인데요, 아직도 썰매로 선물 나르는 산타가 어디 있대요? 다른 산타들은 모두 그 뭐냐, 비, 비행접시 타고 다닌다구요.

산타할아버지 허허! 비행접시에 무슨 꿈이 있어? 어린이들의 동심 속에는 여전히 사슴이 끄는 썰매뿐이라구.

루돌프사슴 (홱 돌아서 나가며) 나도 이젠 썰매 끌기 지쳤어요. 혼자서 잘해 보세요.

산타할아버지 (황급히 사슴을 붙잡으며) 자, 자, 잠깐! 헤헤헤! 왜 이러나, 루돌프. 우리가 그동안 얼마나 잘해 왔나?

루돌프사슴 (못 이긴 척) 그럼 약속해 주세요.

산타할아버지 뭘?

루돌프사슴 내년에는 비행접시로 선물 나르겠다고요.

산타할아버지 (난감한 듯) 내년이라…….

루돌프사슴 세상이 변했다는 걸 인정하셔야죠.

산타할아버지 (할 수 없다는 듯이) 그래, 그리하도록 내 힘
써 보지.

루돌프사슴 야호! 정말이세요?

산타할아버지 그렇게 좋아?

루돌프사슴 좋다마다요. 얼마나 꿈꾸어 온 일인데요.

산타할아버지 그러나 아직 확정지은 건 아니니까 너무 좋
아하지는 말게.

루돌프사슴 아니에요. 일단 약속하신 거예요. (보따리를 둘
러메며) 자, 어서 서둘러야지요.

산타할아버지 잠깐! (사방을 둘러보며) 바로 이 마을 같은데?

루돌프사슴 (이리저리 살피고는) 맞아요. 이 마을이 분명해요.

산타할아버지와 루돌프가 쪼그리고 앉아 장부를 펼쳐 든다.

산타할아버지 (장부를 넘기며) 이 마을에 어린이들이……
아, 여기 있군. 태근이, 가현이, 현철이, 석영이,
병한이, 윤아…….

루돌프사슴 수진이, 관현이, 성진이, 우혁이, 유민이, 윤
주, 또…….

산타와 사슴이 책장을 이리저리 넘기며 어린이들 이름을 확인하고 있는데, 생쥐 가족이 즐겁게 노래 부르며 겅중겅중 뛰어나온다.

생쥐가족 (함께 손잡고 합창)

　　　　　　루돌프사슴 코는 매우 반짝이는 코

　　　　　　만일 네가 봤다면 불붙는다 했겠지……

　　　　　　안개 낀 성탄절 날 산타 하는 말

　　　　　　너의 코가 밝으니 썰매를 끌어 주렴

　　　　　　야이 야이 야이 야이!

루돌프사슴 (돌아보며) 누구야, 내 노랠 부르는 게?

　　생쥐 가족, 깜짝 놀라 멈칫 선다.

아빠생쥐 　당신이야말로 누구세요?

루돌프사슴 　나? 나를 몰라? 노래는 잘도 부르면서…….

엄마생쥐 　(유심히 바라보다가) 옳아! 그러니까 당신이 바로 그……?

새앙이 　　(놀라며) 루돌프사슴이로군요.

엄마생쥐, 아빠생쥐 　맞아, 썰매 끄는 루돌프사슴!

루돌프사슴 　이제야 알아보시는군, 요 귀여운 생쥐들.

새앙이 　　그럼 산타할아버지는?

열심히 책장을 넘기던 산타가 힐끗 돌아본다.

생쥐가족   (산타에게 달려가며) 와! 산타할아버지!

산타할아버지   (손가락을 입에 대며) 쉿! 조용히!

새앙이   (작은 소리로) 뭐 하세요, 지금?

루돌프사슴   선물을 나누어 줄 어린이들 이름을 확인하고 있단다.

생쥐가족   (모두) 호오!

루돌프사슴   이름이 적혀 있는 어린이들만 선물을 받게 되지.

새앙이   지우도 있겠죠?

엄마생쥐   영민이도요?

아빠생쥐   물론 있겠지 뭐.

산타할아버지   (돌아보며) 지우? 영민이? 그 아이들이 누군데?

엄마생쥐   바로 요 아래 감나무집 남매 말이에요.

아빠생쥐   할머니랑 사는데 얼마나 착하다구요.

산타할아버지   (장부를 뒤적이며) 그런 아이는 없는데……?

새앙이   없다구요? 말도 안 돼!

엄마생쥐   그런 아이들이 빠지다니, 그럼 대체 누가 선물을 받죠?

아빠생쥐   뭔가 잘못된 게 아닐까요?

새앙이   우리 생쥐에게는 왜 선물 안 주죠?

산타할아버지   (큰 소리로) 야! 루돌프야, 요 생쥐 녀석들 좀 쫓아내라. 정신이 없구나.

루돌프사슴 너희들이 뭘 안다고 참견이니? 저리 나가!

새앙이 (쫓겨나며) 순 엉터리야.

산타와 사슴은 계속 장부를 뒤적거리고, 생쥐 가족은 무대 한쪽에 쪼그리고 앉았다.

엄마생쥐 (잠시 생각에 잠기더니) 여보! 내 말 좀 들어 봐요.

아빠생쥐 뭘?

엄마생쥐가 뭐라고 소곤거리자 모두 고개를 끄덕인다. 이윽고 생쥐 가족, 선물 보따리로 살금살금 다가가서는 날카로운 이빨로 보따리를 쏠기 시작한다.

새앙이 (작은 소리로) 빨리 하세요, 아빠 엄마.

엄마생쥐 넌 저리 가 있거라.

아빠생쥐 (선물상자 한 개를 끄집어내며) 이게 좋아 보이는군.

새앙이 이왕이면 크고 좋은 것으로 하세요.

엄마생쥐 (낑낑거리며) 이게 왜 잘 안 나오지?

힘을 주는 바람에 선물이 쏟아져 나온다. 산타와 사슴이 돌아보자, 생쥐 가족, 선물상자를 들고 잽싸게 달아난다.

산타할아버지 (깜짝 놀라며) 이 녀석들! 무슨 짓이야?

루돌프사슴 조 생쥐 녀석들! 잡아라!

산타와 사슴이 생쥐들을 뒤쫓고, 생쥐들은 찍찍거리며 온 무대를 어지럽게 뛰어다닌다. 그러나 얼마 못 가 생쥐들이 모두 붙잡히고 만다.

아빠생쥐 (선물상자를 내밀며) 아구구구! 잘못했어요. 여기
　　　　　선물.

엄마생쥐 아이, 팔 아파! 좀 살살 잡으세요.

루돌프사슴 나쁜 짓 한 주제에, 엄살은!

새앙이 (손을 싹싹 빌며) 제발 아빠 엄마를 용서해 주세
　　　　요, 네?

산타할아버지 그래, 왜 이런 짓을 했는지 말해 봐라. 너희
　　　　　에게는 아무 쓸모도 없는데……?

루돌프사슴 보나마나 장난친 거겠죠 뭐. 이 녀석들은 뭐든
　　　　　지 쏠아 못쓰게 만드는 게 특기잖아요.

새앙이 (강하게) 아니에요, 그런 게 아니에요.

산타할아버지 아니면 무슨 이유니? 어서 말해 봐라.

새앙이 지우랑 영민이에게 주려고 그랬단 말이에요.

산타할아버지 지우랑 영민이?

루돌프사슴 그 감나무집 남매 말이니?

엄마생쥐 네. 말이야 바른말이지 그 착한 애들에게 줄 선물이 없다니, 그게 말이 돼요?

아빠생쥐 다른 애들 다 안 줘도 그 아이들에게는 선물을 줘야 할 게 아니에요.

산타할아버지 (깊은 신음 소리) 음!

루돌프사슴 (헛기침을 하며) 그거야 뭐, 우리가 마음대로 할 수 있는 것도 아니고…… 우리는 그저 장부에 적혀 있는 대로 배달만…….

그때 선물 꾸러미를 몇 개 든 한 여인이 조심스럽게 나타난다. 그러자 모두들 재빨리 무대 한쪽에 몸을 웅크려 숨는다.

여 인 (혼잣말로) 지우야, 영민아, 내가 왔다. 에미가 왔다.

무대 한쪽을 기웃거리다가 한참 흐느낀다.

여 인 (눈물을 훔치며) 이 에미 원망을 얼마나 했니? 꼭 너희들을 데리러 오마. 그때까지 부디 건강하게 자라다오.

아빠생쥐 (귓속말로) 아이들 부르면서 그냥 들어가지, 왜 저러고 있어?

엄마생쥐 무슨 사정이 있겠지요.

아빠생쥐 사정은 무슨…….

루돌프사슴 쉿! 조용히 좀 해.

여인이 선물 꾸러미를 한쪽에 놓아 두고, 발걸음이 떨어
지지 않는 듯 몇 번이나 뒤돌아보며 나간다. 그러면 모두
우르르 나와 선물 꾸러미를 들어 보면서 왁자하게 떠드는
가운데 무대 어두워진다.

4

무대 밝아지면 다시 거실이다. 영민이가 눈을 비비며 나
오다가 선물 꾸러미를 발견하고 집어 든다.

영 민 (좋아 어쩔 줄 모르며) 와! 선물이다! (안에 대고
큰 소리로) 누나! 할머니!

지 우 (나오며) 아침부터 웬 호들갑이니?

영 민 누나! 이것 봐. 산타할아버지가 선물을 주고 가셨
어.

지 우 (놀라며) 정말! 이게 웬 선물이지?

영 민 웬 선물이라니? 산타할아버지가 주셨지 뭐.

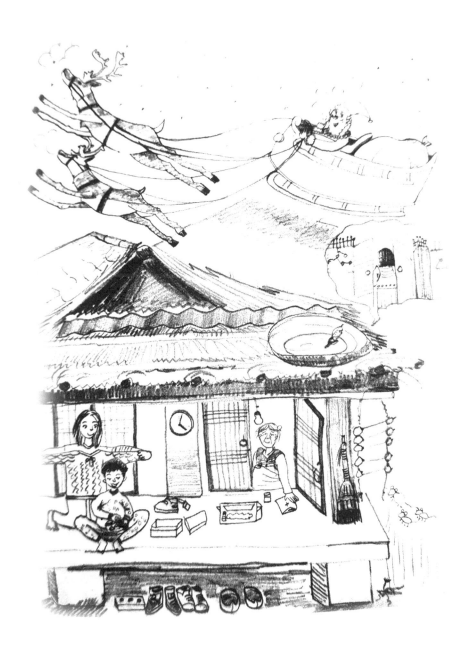

할머니　(나오며) 무슨 일인데 이리 부산하냐? 무슨 좋은 일이라도 있는 게니?

영　민　(이것저것 선물 꾸러미를 풀어헤치며) 이건 내 운동화! 이건 누나 스웨터! 이건 뭐야? 할머니, 이건 약인데요?

지　우　(약병을 들어 보며) 할머니 신경통 약이야.

영　민　와! 산타할아버지가 어떻게 알았지? 우리 할머니 무릎 아프신 거.

지　우　(손등으로 눈물을 훔치며) 바보야, 산타할아버지가 그런 거 모르겠니? 흑흑!

할머니　(혼잣말로) 왔으면 들어올 것이지…… 그래도 영 잊지는 않았구나.

영　민　(운동화를 신고 나서며) 야! 딱 맞네. 하나! 둘! 하나둘셋넷!

　영민이가 운동화를 신고 씩씩하게 걷는다. 멀리서 지켜보던 생쥐 가족이 좋아라 찍찍거린다.

지　우　(쥐 소리를 듣고) 엥? 또 그 쥐다.

영　민　어디, 어디?

지　우　저기, 세 마리.

영　민　세 마리나!

영민이가 옆에 있는 빗자루를 집어 들자, 생쥐들이 깜짝 놀란다.

생쥐들   찍! 찍! 우왓! 비상이닷!

할머니   아서라. 오늘 같은 날 쥐에게도 축복을 내려야지.

지 우   그래. 조 귀여운 눈동자 좀 봐.

영 민   (빗자루를 내려놓으며) 너희들 오늘 운 좋은 줄 알아!

생쥐들   찍! 찍찍!

영 민   누나, 할머니, 우리 신나게 노래 불러요.

할머니   호호호! 어디 한번 불러 보자. 무슨 노래 부를까?

지 우   (손뼉으로 장단을 맞추며) 흰 눈 사이로— 썰매를 타고—

지우를 따라 모두 함께 손뼉 치며 노래를 부른다. 어느새 생쥐 가족과 산타할아버지, 루돌프사슴도 나와 노래 부르며 빙글빙글 돌아간다. 멀리서 교회의 종소리가 평화롭게 들려오는 가운데 서서히 막이 닫힌다.

이한영

경남 산청에서 태어나 진주교육대학을 졸업하고 일생 동안 2세 교육에 전념하다 퇴임하였다. 아동문예문학상에 당선되어 문단활동을 시작하였으며, 마산문인협회 회장, 경남아동문학회 회장을 역임하는 등 여러 문학단체에서 활발하게 활동하고 있다. 경남아동문학상과 마산예술공로상을 수상하였고, 저서로는 아동극본집『꼬마마녀 단불이』,『신나는 아동극 세상』,『상족암의 비밀』과 교단수필집『광려산에 부는 바람』이 있다. ●이메일 nolgaeul@hanmail.net

김지은

창원상일초등학교 교사로 경남초등미술교과연구회 회원이다. 전통미술대전과 환경미술대전에서 특선하는 등 여러 대회에서 수상하였으며, 섬세하고 따뜻한 그림 속에 많은 이야기가 담겨 있다. 이 중 대여섯 컷은 지난번 발간 때 삽화를 그린 조수빈 양의 그림이다.

자선냄비 속에 들어간 물방울다이아

1판 1쇄 인쇄	2018년 8월 10일
1판 1쇄 발행	2018년 8월 15일
지은이	이 한 영
발행인	전 춘 호
발행처	철학과현실사
출판등록	1987년 12월 15일 제300-1987-36호
	서울특별시 종로구 동숭동 1-45
	전화번호 579-5908
	팩시밀리 572-2830

ISBN 978-89-7775-812-4 03800
값 10,000원